KB253215

丐幫無敵

개방무적

녹룡 新무협 판타지 소설

개방무적 6

녹룡 新무협 판타지

초판 1쇄 찍은 날 § 2013년 8월 6일
초판 1쇄 펴낸 날 § 2013년 8월 13일

지은이 § 녹룡
펴낸이 § 서경석

편집부장 § 권태완
편집책임 § 박은정
디자인 § 이혜정

펴낸곳 § 도서출판 청어람
등록번호 § 제1081-1-89호
등록일자 § 1999. 5. 31
어람번호 § 제2-2377호

주소 § 경기도 부천시 원미구 심곡2동 163-2 서경B/D 3F (우) 420-822
전화 § 032-656-4452팩스 § 032-656-4453
http://www.chungeoram.com
E-mail § chungeorambook@daum.net

© 녹룡, 2013

ISBN 978-89-251-3411-6 04810
ISBN 978-89-251-3266-2 (세트)

馬聲無敵

6 [완결]

개방무적

녹룡 新무협 판타지 소설

FANTASTIC ORIENTAL HEROES

청어람

目次

第一章
선상의 혈투

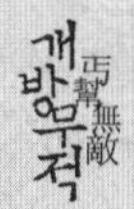

먹을 바른 것처럼 하늘이 어두웠다.

냉기를 머금은 해풍이 쉴 새 없이 돛을 흔들었다.

출발할 때부터 흐렸던 날씨는 전혀 갤 기미가 없었다. 악천
후 속에 범선이 떠난 지도 삼 일이 지났다.

"어때 할 만하냐?"

"엄청 힘든데요?"

총운은 힘든 척을 하며 몸을 일으켰다.

반나절에 근무를 끝내고 교대할 시간이 된 것이다. 총운과
백기봉은 노단을 나와 숙소로 향했다.

교주의 명령으로 인해 갑판으로 나가는 것은 엄격히 금지되었다.

어쩔 수 없이 생활은 모두 안에서 이루어졌다.

숙소에 가기 전에 식당에 들러 식사를 받았다.

말이 식당이지 사실은 음식물 창고와 다를 바 없는 곳이었다.

주방장에게 받은 것도 육포 쪼가리와 건조한 빵이 전부였다.

두 사람은 숙소에서 함께 음식을 먹었다.

'이제 움직여도 될 것 같은데.'

총운은 육포를 뜯으며 생각했다.

삼 일이면 슬슬 강 중류에 접어들었을 무렵이었다. 나루터로 돌아가기엔 애매한 거리가 된 것이다.

또한 그는 신교인들이 움직이는 방식도 대충 알아차렸다. 선내에 있는 신교인은 대략 백오십 정도였다. 나머지는 교주 주변에서 호위를 하고 있었다.

"무슨 생각을 그리하냐?"

"아니요. 아무 생각도 안 하고 있었습니다."

총운이 손사래를 쳤다.

"싱거운 녀석. 어서 자자."

백기봉이 먼저 자리에 누웠다.

이윽고 다른 일꾼들 역시 숙소에 들어와 잠을 청했다. 방 안에는 파도 소리와 코고는 소리가 어우러졌다.

[어르신, 오늘 움직이는 게 좋겠습니다.]

[그거 듣던 중 반가운 이야기다.]

총운의 전음에 성좌노인이 곧바로 반응했다.

그는 이제 봇짐이 아니라 방 천장에 있었다.

노잡이들이 교주를 맞이하러 간 사이 자리를 바꾼 것이다.

봇짐에 계속 있었다면 질식으로 죽었을지도 몰랐다.

[계획은 세웠느냐?]

[네, 말씀드리겠습니다.]

총운은 찬찬히 계획을 설명했다.

성좌노인이 선내에서 무사의 주위를 끌면 총운이 바깥에서 흑천운을 상대하는 것이었다.

[좋다. 작전개시다. 잠시 숨을 쉬지 말거라.]

성좌노인이 천장 틈으로 작은 환을 던졌다.

환이 터지면서 무색무향의 최면향이 방으로 퍼져 나갔다. 일꾼들은 최소한 반나절은 의식을 차리지 못할 것이다.

두 사람은 방을 나온 뒤 곧바로 노단을 향했다.

그런데 그들을 발견한 신교인들이 화들짝 놀라며 검을 빼 들었다.

"이놈, 옷차림이 그게 뭐……."

"설마 개방 거지가 잠입한……."

신교인은 말을 다 잇지 못했다.

총운이 단숨에 아혈과 마혈을 짚었기 때문이다.

두 사람은 이들을 구석에 끌고 간 뒤 옷을 바꿔 입었다.

"에라이, 기왕이면 좀 작은 놈을 잡을 것이지."

성좌노인이 불평을 터뜨렸다.

그에게 신교인의 옷은 꽤나 치렁치렁했다. 때문에 소매를 상당 부분 잘라내야 했다.

위장을 마친 두 사람.

그들은 망설임없이 노단을 향했다. 그리고 이곳에도 최면 향을 터뜨렸다.

이제 선내의 일꾼들은 모두 잠들어 버린 셈이다.

"조금 긴장이 됩니다."

총운은 가슴에 손을 얹었다.

작전을 시행하면서부터 가슴이 쿵쾅쿵쾅 뛰기 시작했다.

심호흡을 해도 두근거림이 쉽게 가라앉지 않았다. 흑천운이 코앞에 있다는 것이 믿기지 않았다.

"담담하면 그게 이상한 거지."

성좌노인이 총운의 어깨에 손을 얹었다.

"반드시 살아 돌아와라. 교주를 죽이지 못하는 일이 있더라도."

“최선을 다하겠습니다.”

두 사람은 서로를 향해 뜨거운 시선을 주고받았다.

작전의 성공 여부에 따라 중원의 판세는 완전히 뒤집힐 수 있었다.

일흑신교가 위세를 떨칠 수 있는 것은 모두 극강의 교주 때문이었다.

그가 죽는다면 신교는 구심점을 잃고 무너질 것이다.

“다녀오겠습니다.”

총운은 당당하게 갑판으로 향했다.

배의 앞머리에는 흑천운과 존자 두 명이 있었다.

그와 조금 떨어진 곳에 오십 인의 신교인이 늘어섰다.

“큰일 났습니다. 선내에서 정파인이 난동을 부리고 있습니다!”

총운이 다급하게 말했다.

그의 보고에 암운혈랑대(暗雲血狼隊)의 대장 적수관이 미간을 찌푸렸다.

그간 시찰을 하면서 단 한 번도 정파인에게 습격을 당하지 않았다.

하필이면 범선에 탔을 때 일이 벌어지고 말았다.

“그게 사실이냐?”

“네, 수는 대략 열 명 정도입니다. 감당할 수 없어 보고를

드리러 왔습니다.”

적수관은 턱을 쓸어내린 뒤 존자들을 향했다.

보고를 한 뒤 대책을 들으려는 듯했다. 잠시 후 그가 얼굴을 붉히며 총운에게 다가왔다.

“대원 전부 선내로 들어간다. 주도자를 제외한 나머지 인원은 죽여도 좋다.”

적수관이 대원들을 이끌고 선내로 향했다.

대열 후미에 있던 총운.

그는 안으로 들어가는 척하며 문고리를 부숴 버렸다.

‘부탁드립니다. 어르신.’

총운은 입술을 꼭 깨물었다.

그는 총운의 부담을 줄이기 위해 신교 부대를 홀로 상대했다.

지금쯤 선내는 독과 암기가 날아다니며 아비규환이 벌어졌으리라.

그가 독황이라고는 하나 이백에 가까운 신교의 정예를 상대해야 했다.

결코 쉽지 않은 싸움이 될 것이다.

‘가자.’

총운은 볼을 두드리며 선두(船頭)로 향했다.

　　　　　*　　　　*　　　　*

　한편 성좌노인은 선내에 남아 외로운 싸움을 준비했다.

　수적으로는 절대적인 열세지만 지형이 그에게 웃어 주었다.

　통로가 좁아 독을 쓰기에 더 없이 좋았다.

　'이번엔 요놈을 써야겠군.'

　그는 품에선 두 개의 독단(毒丹)을 꺼냈다.

　독단의 이름은 몽환단(夢幻丹)으로 이를 흡입하게 되면 환각증상을 보인다. 그리고 평소에 두려워하던 것이 환각으로 나타난다.

　성좌노인은 신교인이 머무는 숙소로 향했다.

　때마침 쩌렁쩌렁한 외침과 함께 교인들이 우르르 통로에 집결했다.

　평소와 달리 어수선하고 부산스러운 느낌이었다.

　"비상이다. 내부에 침입자가 있어."

　혈랑대의 부대장 운령이 무리 앞에 섰다.

　"누군가가 노잡이들에게 약을 먹인 게 분명해. 서둘러 범인을 잡아야 한다."

　운령은 조급했다.

　범선에 타고 있는 건 바로 신교의 심장인 교주 흑천운이었다.

작은 실수를 빌미로 목숨을 잃을 수 있었다.

명령을 내리려는 찰나, 시선에 기묘한 인간이 잡혔다.

열 살 정도로 보이는 소년이 신교의 옷을 입었다. 소매 끝단은 지저분하게 자른 상태였다.

"너는……."

운령의 얼굴이 딱딱하게 굳었다.

그는 일전에 이 소년을 만난 적이 있었다. 그리고 그때는 반죽음 상태로 전장을 벗어났었다.

"너희가 심심할까 봐. 놀러 왔지."

성좌노인이 신교인들을 보며 희죽 웃었다.

그를 향한 신교인의 시선은 당혹에 물들었다.

배를 검문할 때 이런 소년은 본 적이 없었기 때문이다.

퍼어어어어어엉!

성좌노인이 환을 바닥에 내리쳤다. 그러자 연 보랏빛 독운이 사방으로 흩어졌다.

"숨을 참아라! 저놈은 포위해서 사로잡는다."

운령의 말에 신교인들이 우르르 몰려들었다.

반면 성좌노인은 담담한 표정으로 통로를 막았다.

통로가 외길이었기에 입구만 막으면 도망갈 구석이 없었다.

독이 완전히 퍼지는 것도 순식간이리라.

그는 두 자루의 단도를 손에 들었다.

공간이 좁은 곳에서 접근전을 해야 했다.

아무리 손에 익은 구절편이라도 지금 쓰면 악수가 될 뿐이었다.

그사이 한 무리의 신교인이 거리를 좁혔다.

그들의 손에는 시퍼런 빛을 뿜어내는 대도가 들렸다.

휘이이이이익.

두 자루의 대도가 양쪽 어깨를 찔러왔다.

성좌노인은 암룡신법(暗龍身法)를 밟으며 공격을 피해냈다.

암룡신법은 당문 초절정의 신법으로 쾌에 극에 달한 신법이었다.

신법을 마치면 오직 그림자밖에 볼 수 없다고 하여 암룡이라는 칭호가 붙었다.

푸우우우욱.

그의 단도가 신교인의 가슴을 관통했다.

손끝에 걸린 느낌을 생각하면 확실히 심장을 꿰뚫었다.

성좌노인은 신교인을 발로 차서 상대 진형으로 날렸다.

이에 맞고 또 몇몇 인물이 넘어지기까지 했다.

'아직까지는 할 만한데?'

그의 얼굴에 희미한 미소가 어렸다.

신교인들은 호흡을 참은 채 전투를 벌이고 있었다. 그것은 커다란 장해가 아닐 수 없었다.

들숨과 날숨은 진기에 영향을 미친다.

이것이 방해를 받으니 평소만큼 힘을 낼 수 없는 셈이다.

반면 성좌노인은 만독불침(萬毒不侵)이었다.

멸천화독(滅天火毒)을 제외한 독에는 전혀 영향을 받지 않았다.

독운 속에서도 평소 같은 전투를 할 수 있는 셈이다.

채애애애애앵.

병장기가 부딪치면서 날카로운 금속성이 울려 퍼졌다.

통로가 좁아 신교인 다섯만이 그에게 달려들었다.

"부앙일세(俯仰一世)."

성좌노인의 단도가 벌처럼 종횡무진 했다.

신교인들은 이를 감당하지 못하고 낙엽처럼 스러져 갔다.

일각 뒤 통로에는 일백의 신교인들이 쓰러져 있었다.

사지가 잘린 채 피를 토해내는 그들은 죽음 그 자체였다.

'몽환단이 잘 먹혔군.'

성좌노인은 소매로 이마의 땀을 훔쳤다.

몽환단의 효과가 나타나면서 신교 내부에서 칼부림이 일어났다.

두려운 환영이 나타나니 멋대로 검을 휘두른 것이다.

자중지란(自中之亂)이 아니었다면 그 혼자서 이 많은 신교인을 감당할 수 없었다.

"소란을 피운 게 너인가?"

중년인과 한 무리의 신교인이 배후에서 접근했다.

아마도 갑판에 있던 녀석들일 것이다.

그 말인즉 총운이 교주와 단판을 벌일 때가 됐다는 것이다.

무림의 운명을 가를 최후의 승부. 과연 자신은 그것을 볼 수 있을까.

성좌노인과 신교도들은 한동안 침묵을 지켰다.

서로를 향한 눈빛에는 불꽃이 타고 있었다.

'저 녀석은 감당할 수 없겠어.'

성좌노인은 선두에 선 중년인에게 주목했다.

그는 혈랑대의 대장 적수관이었다.

갈무리한 내공의 수준을 보면 결코 자신의 밑이 아니었다.

붙어서 싸운다면 패배할 확률이 육 할 정도로 높았다.

"단번에 끝내주마. 만천화우(滿天花雨)!"

성좌노인은 품에서 암기를 꺼내 던졌다.

각종 비수와 차륜(車輪)을 비롯해 실처럼 가느다란 바늘까지.

손을 뻗을 때마다 수십의 암기가 뿜어졌다.

갑작스런 절기에 신교인들은 대항하지 못했다.

신법으로 이리저리 뛰어다녔지만 결국에 암기에 당해 주검이 되었다.

"쯧, 체력이 부족해서 큰일이군. 보약이라도 달여 먹어야 하나."

갑판으로 향하려던 성좌노인.

"크윽."

그는 발목을 관통하는 날카로운 통증을 느꼈다. 돌아보니 한 자루의 칼이 발을 완전히 꿰뚫었다.

"너……. 너는."

"크크큭. 방심했구나."

적수단이 수하의 시체를 치우고 몸을 일으켰다.

그랬다.

그는 만천화우에 당한 척하고 수하들의 주검으로 몸을 보호했다.

허를 찌르기 위해 치밀한 준비를 한 것이다.

"신교를 우습게보면 곤란하지."

적수단이 칼을 비틀어 뺐다. 그러자 핏방울이 사방으로 퍼졌다.

"크윽."

털썩!

성좌노인은 신음을 뱉으며 그대로 바닥에 허물어졌다.

시큰한 통증 때문에 머리가 하얗게 비었다. 무엇을 어떻게 하면 좋을지도 감이 오지 않았다.

"방금 펼친 것이 사천당문의 절기인가? 위력적이라는 건 부정할 수 없겠어. 하지만."

적수관의 얼굴에 차가운 미소가 어렸다.

"그 명맥은 이 자리에서 끊어질 것이야."

휘이이이익.

검이 초승달 모양의 궤적을 그리며 접근했다. 가격당한다면 몸이 두 동강 날 건 뻔했다. 성좌노인은 몸을 굴러 검을 피해냈다.

퍼어어어어억.

방금까지 누웠던 자리에 나무판이 산산조각 났다.

"어딜 그렇게 도망가시나?"

"크아악!"

적수관이 그의 오른팔을 밟았다.

공력을 실었던 만큼 철근이 짓누르는 듯했다. 성좌노인은 다시 신음을 뱉어냈다.

"저승에서 이 몸을 기다리라고."

다시금 검이 날아들었다.

팔을 밟힌 만큼 아까처럼 회피를 할 수도 없었다.

‘이대로 죽는 건가?

성좌노인은 좌절했다.

더 이상은 그도 저항할 방도가 없었다.

암기도 모두 사용했고 가진 건 몽환단 하나뿐이었다.

총운의 전투를 보고 싶었건만. 이렇게 허무하게 세상을 떠야 한다니.

마지막이라서 그런지 모든 것이 느리게만 보였다.

날아오는 검의 궤적도 적수관의 표정도 똑똑히 볼 수 있었다.

‘아직 포기할 수 없다.’

성좌노인은 가슴 속에서 피어오르는 생의 충동을 느꼈다. 그 혼자라면 죽어도 상관없었다. 하지만 배에는 그가 아끼는 총운도 함께 있었다.

그를 위해서라도 최소한 적수관은 황천길 동무로 삼아야 했다.

푸우우욱.

새파란 검이 어깨를 관통했다. 검에 닿기 전 간신히 몸을 틀었던 것이다.

‘기회는 지금이다.’

성좌노인은 입술을 꼭 깨물었다.

강렬한 통증이 어깨부터 전신까지 퍼져 나갔다. 하지만 고통에 무너질 수는 없었다.

그는 손을 더듬어 신교인이 떨어뜨린 검을 집었다. 그리고 곧장 적수관을 향해 찔러 나갔다.

그야말로 번개 같은 기습이었다.

허를 찔린 적수관, 그는 멍한 표정으로 성좌노인을 응시했다.

그의 왼쪽 가슴엔 검이 꽂혀 있었다. 시뻘건 피가 화사하게 주변으로 번져갔다.

쿵.

적수관이 눈을 부릅뜬 채 그의 곁에 쓰러졌다.

"재수없다. 미친놈아."

성좌노인은 적수관의 머리를 돌렸다.

그는 허탈한 미소를 지으며 대자로 뻗었다. 이젠 손끝 하나 움직일 힘이 없었다.

"그래도 내 할 일은 다 끝냈지."

그의 중얼거림이 싸늘한 선내에 울렸다.

최고 간부들을 제외한 나머지는 모두 자신의 손에 죽었다. 나머지 몫은 오롯이 총운이 감당해야 했다.

'안타깝구나.'

솔직한 심정으로는 총운을 돕고 싶었다.

신교인들을 물리친 뒤 그가 위험할 때 멋있게 나타나고 싶었다.

　하지만 지금 상황에선 영웅 놀이도 불가능했다.

　그는 바닥을 기어 갑판으로 향하는 문에 기댔다. 그리고 반쯤 감긴 눈꺼풀로 주변을 살폈다.

　"아무도 여길 나갈 수 없다. 내 허락 없이는……."

　성좌노인은 의식을 잃었다.

第二章
운명의 결전

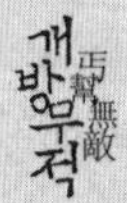

한편 갑판에서는 비가 내리고 있었다.

고요하던 하늘이 우르르 쾅쾅 울고 장대비가 떨어지기 시작했다.

총운은 굳은 표정으로 하늘을 응시했다.

커다란 먹구름이 하늘을 감쌌으며 굵은 빗방울이 몸을 때려 나갔다.

하늘은 무엇 때문에 울고 있는가.

천리(天理)를 어지럽힌 흑천운을 처단하게 되어 기쁨의 눈물을 흘리는 것인가. 아니면 총운의 죽음을 슬퍼하여 미리 비탄하는 것인가.

그 의미는 앞으로 한 식경 안에 밝혀질 것이다.

그는 당당한 걸음으로 흑천운을 향했다. 총운의 접근에 두 명의 존자가 미간을 찌푸렸다.

"넌 뭐냐?"

"너희를 명부로 보낼 사신이지."

총운은 걸치고 있던 신교인의 옷을 찢었다. 그러자 누런 적삼이 드러났다.

개방의 상징과도 같은 의복에 두 사람은 소스라치게 놀랐다.

"네 이놈! 개방 거지였느냐?"

"잘난 백로관이 또 납셨군."

흑천운의 입가에 냉소가 어렸다.

네 사람은 서로를 노려보며 한동안 침묵을 지켰다. 오로지 빗줄기만이 갑판을 때리며 고요함을 깨뜨렸다.

"흑천운, 오로지 이 날 만을 기다렸다."

총운은 그를 보며 두 주먹을 불끈 쥐었다.

그를 꺾기 위해 생사곡의 관문을 모두 통과하고 살아남았다.

가슴에 상처를 매일 같이 곱씹으면서 말이다.

스승의 유언을 지키고 중원의 평화를 되찾기 위해서라도

반드시 흑천운을 꺾어 내리라.

"어리석은 놈. 네가 나를 감당할 수 있다고 생각하나?"

흑천운의 얼굴에 비릿한 미소가 떠올랐다.

"물론이다. 오늘이 바로 네놈의 제삿날이야."

"저번에는 살려됐다만 이번엔 자비는 없다."

"네가 하고 싶은 말이다."

총운은 공력을 끌어올리자 주변의 공기가 무거워졌다.

이에 두 명의 존자인 백운기와 혈극부가 나섰다.

그들의 몸에서도 시꺼먼 기운이 아지랑이처럼 뿜어졌다. 결코 만만한 상대가 아니었다.

"네놈은 결코 교주님을 상대할 수 없다. 왜냐하면 우리가 네 목숨을 앗을 것이기 때문이지."

백운기와 혈극부가 동시에 접근했다.

휘이이이익.

그들은 신법을 밟으며 총운의 양면을 동시에 공격했다.

몸 주변에 어른거리는 공력을 보면 결코 만만히 볼 상대가 아니었다.

"흑풍철권(黑風鐵拳)."

"쌍두난무(雙頭亂舞)."

두 초식이 시간차로 날아들었다.

왼편에선 공력이 담긴 강력한 권이, 오른편에선 두 자루의

도끼가 그를 압박했다.

 ‘만만하게 보지 마라.’

총운은 손을 양쪽으로 뻗었다.

왼손은 파옥권의 절초인 멸옥파천무(滅玉破天舞)를, 오른손은 백결신장의 방어초식 풍신퇴(風神退)를 사용한 것이다.

퍼버버버벙.

진기가 담긴 초식이 충돌하며 폭음이 일어났다.

잿빛 연기가 걷히며 세 사람의 모습이 드러났다.

총운과 백운기는 멀쩡했지만 혈극부의 입가에는 피가 묻었다.

공력 싸움에서 밀리고 만 것이다.

‘여러모로 피곤하군.’

총운은 뒤에 버티고 선 흑천운을 응시했다.

그의 천통안 때문에 절기를 쓸 수 없었다.

그가 자신의 절기마저 훔친다면 무림에 그를 감당할 존재는 없어진다.

총운의 시선을 알아차렸는지 흑천운이 피식 웃었다.

“나를 의식하는 건가? 편하게 싸우라고.”

“안 그래도 그러고 있어.”

호기롭게 대답했지만 속은 복잡했다.

그를 가로막은 두 사람은 단순한 무공으로 상대할 수 없었다.

그렇다고 벌써 현무취권을 꺼내들 수도 없었다.

고민하고 있는 사이 두 사람의 연격이 재차 이어졌다.

"뭘 그렇게 생각하나. 넌 어차피 죽는다."

백운기가 허공에 주먹을 뻗었다. 그러자 무수히 많은 권경이 뿜어졌다.

그 하나하나가 목숨을 위협할 만큼 강력했다.

"견룡재전(見龍在田)."

총운은 항룡십팔장을 꺼내들었다.

제십일초식 견룡재전은 반(反)자결이 담겨 상대의 공격을 역이용하기 좋았다.

그는 백운기의 권경을 손바닥으로 비껴냈다.

무시무시한 권경은 총운의 손에 맞고 오히려 혈극부를 향했다.

이에 혈극부의 얼굴이 딱딱하게 굳었다.

총운은 그 틈을 타 백운기에게 접근했다. 이 대 일의 상황을 단숨에 일대일로 만든 것이다.

휘이이이익.

극성으로 밟은 취팔선보.

총운의 움직임은 마치 취한 신선을 보는 것처럼 절묘했다.

"그 따위 거지 무공. 이 몸이 밟아주지."

백운기의 몸에서 새까만 기운이 어렸다. 폐관수련을 하며 익혔던 절기를 준비하는 것이다.

"폭뢰광풍권(爆雷狂風拳)."

수십 개의 주먹이 허공을 장악했다.

주먹은 모두 실초였으며 한 방 한 방에 절륜한 공력이 실렸다.

이를 피할 공간은 그야말로 어디에도 없었다.

거기다가 권경을 무위로 돌린 혈극부가 등 뒤에서 쇄도했다.

그야말로 사면초가에 빠지고 만 것이다.

'이렇게 되면 어쩔 수 없다.'

총운은 입술을 꼭 깨물었다.

그는 뇌려타곤의 수법으로 바닥에 넙죽 엎드렸다. 그리고 최고의 절기인 지룡승천(地龍昇天)을 펼쳤다.

쿠우우우우웅.

울부짖음과 함께 용의 형상을 한 공력이 하늘로 치솟았다.

장력에 휩쓸린 혈극부는 그대로 육신이 사멸했다.

반면 백운기는 몸을 굴러 간신히 이를 피했다. 하지만 왼쪽 팔을 완전히 잃고 말았다.

"아직 끝이 아니다."

총운은 자세가 흐트러진 백운기를 향했다.

그의 권은 망설임없이 귀영의 복부를 강타했다.

귀영은 이를 맞고 십 장 가까이 날아가 선벽에 부딪쳤다.

두 명의 호위를 물리친 총운.

그는 거친 숨을 내쉬며 흑천운을 응시했다.

쉴 새 없이 내리는 비로 온몸이 축축했다. 앞머리가 처져서 시야를 가리기도 했다.

쿠구구구구궁.

번쩍!

굉음과 함께 하늘에 벼락줄기가 반짝였다.

하늘은 마치 두 사람의 전투를 부추기는 것처럼도 보였다.

정파 최고수인 총운과 사파 최고수인 흑천운.

혈투의 승패에 따라 무림에 역사는 바뀔 수 있었다.

흑천운은 입꼬리를 올리며 비릿하게 웃었다.

"제법이군. 십대존자를 둘이나 물리치다니."

"네놈이 풀어놓은 개에게 당하진 않아!"

총운의 언성이 올라갔다.

오로지 이 날만을 그리며 살아왔다.

십대존자에게 당할 거라면 그전에 생사곡에서 죽었으리라.

총운은 어느새 두 주먹을 불끈 쥐고 있었다.

그런 총운의 모습에 흑천운은 여유가 넘쳤다.

“폭풍이 불어치는 가운데 사제와 대련을 펼친다라. 제법 낭만적인 시간이야.”

“헛소리도 수준급이군.”

총운은 냉소를 지으며 공력을 끌어올렸다.

파아앗!

이에 황금빛 기운이 아지랑이처럼 몸에서 피어올랐다.

천지취룡신공(天地醉龍神功)을 극성으로 펼치면 나타나는 모습이었다.

흑천운은 아무 말 없이 손가락을 까닥거렸다.

먼저 들어오라며 도발을 한 것이다.

“원한다면.”

총운은 만리추풍신법을 밟으며 거리를 좁혔다. 그의 동선에 따라 바람이 갈라지며 파공음을 냈다.

‘우선은 간을 보자.’

총운은 그렇게 마음을 먹었다.

지난 이 년 간 흑천운은 각종 정파의 무공을 훔쳤을 것이다.

의욕적으로 덤볐다가 역풍을 맞으면 곤란했다.

휘이이이익.

총운의 손바닥이 허공을 장악했다.

용호팔십팔장의 제십초식인 위호첨익(爲虎添翼)을 펼친 것이다.

그의 장법은 호랑이처럼 날렵하고 용맹했다. 또한 연속으로 펼치는 동안 위력이 배가 됐다.

"어림없다."

흑천운이 신법을 밟으며 장법을 피했다.

그의 주먹에는 어느새 새까만 공력이 어른거렸다.

"마령풍비권(魔靈風비拳)."

흑천운의 첫 번째 공격이 펼쳐졌다.

그가 뻗은 주먹은 세 개로 분열하여 총운의 머리와 어깨와 복부를 노렸다.

'생각보다 평범한걸? 무슨 꿍꿍이가 있는 건가?

총운은 의외라는 생각을 했다.

일전의 무공에 비하면 그 위력이 다소 보잘 것이 없었다. 흑천운답지 않다고 해야 할까.

총운은 신법을 밟지 않고 그 자리에 털썩 주저앉았다.

그러자 주먹이 휭하니 머리 위를 휭하니 지나갔다.

물론 이를 놓칠 총운이 아니었다.

그는 공력을 끌어올려 순식간에 상대의 팔을 낚았다.

망월취에서 금나수의 수법을 응용한 것이다.

"건방진 놈."

팔을 잡힌 흑천운이 곧장 반격을 해왔다. 발뒤꿈치를 이용해 총운의 머리를 찍어 버린 것이다.

"어리석은 짓을."

총운은 붙잡고 있던 팔을 그대로 밀어 버렸다. 이에 각법을 펼치던 흑천운이 몸이 휘청거렸다.

슬슬 승부수를 띄울 때가 된 것이다.

총운은 공력을 끌어올려 용맹하게 양손을 뻗었다.

항룡십팔장의 제십이초식인 쌍룡취수(雙龍取水)를 펼친 것이다.

그의 강력한 장력에 주변의 공간마저 뭉그러졌다.

'자, 이제 어떻게 할 거냐?'

총운의 시선이 흑천운을 향했다.

물론 이번 일격으로 그를 쓰러뜨릴 수는 없을 것이다.

하지만 반응하는 것을 보고 공세를 이어갈 수는 있으리라.

푸우우욱.

총운의 장법이 그대로 흑천운의 몸에 꽂혔다.

쌍룡취수로 인해 복부에는 두 개의 커다란 구멍이 났다. 그 사이로 장기와 피가 우르르 쏟아졌다

흑천운은 믿을 수 없다는 듯 눈을 부릅떴다. 그리고 쿵 소리를 내며 바닥에 쓰러졌다.

"아…… 아니."

놀란 것은 총운 역시 마찬가지였다.

흑천운이 이렇게 쉽게 무너질 줄을 몰랐던 것이다.

지병이라도 앓고 있었던 것일까. 아니면 내부의 알력싸움에서 부상을 입은 걸까.

이런 식으로 당할 흑천운은 결코 아니었다.

총운은 허탈한 표정으로 그를 내려다봤다.

다소 맥이 빠지긴 했지만 결국 흑천운을 꺾었다. 무림은 다시 평화를 꿈꾸어도 좋은 것이다.

"다 끝났어. 너도 포기해."

총운의 시선이 백운기를 응시했다.

그는 날아간 팔을 천으로 묶고 몸을 일으켰다. 그의 얼굴에는 묘한 미소가 감돌았다.

"뭐가 끝났다는 거지?"

"교주가 죽었다. 일흑신교가 무너지는 것도 시간문제야."

"축하주를 돌리기엔 이른 것 같은데? 크크큭."

백운기가 하늘을 보며 너털웃음을 터뜨렸다.

그의 반응에 총운은 어리둥절할 수밖에 없었다. 교주의 죽음으로 인해 충격을 받은 게 아닐까.

"그 똑똑한 백로관이 아직도 눈치를 못 챘나? 이거 실망이로군."

"무슨 소리지?"

"크크큭, 교주님이 네깟 놈에게 당할 리가 없지 않느냐?"

백운기가 광기 어린 눈빛으로 총운을 응시했다.

"네가 죽인 건 교주님이 아니라 흑목노인이다."

백운기의 말이 망치처럼 머리를 때렸다.

총운은 쓰러진 흑천운에게 다가갔다. 과연 그는 좀 전과는 달리 왜소하고 볼품없는 노인의 몸으로 변해 있었다. 백운기의 말이 맞았던 것이다.

총운은 망연자실한 표정으로 흑목노인를 응시했다.

그러고 보니 그는 전투 내내 천통안을 사용하지 않았다.

눈이 푸른빛을 띠지 않았던 것이다.

총운은 뒤늦게 깨달았다.

흑천운이 짜놓은 그물에 완벽하게 걸려들었다는 것을.

계략에 빠졌음을 알아차리자 가슴이 덜컹 내려앉았다. 그럼 지금 상황은 어떻게 돌아가고 있는 것인가.

"교주는 어디 있지?"

"그걸 내 입으로 말할 것 같은가?"

백운기의 얼굴에 싸늘한 미소가 어렸다.

휘이이이이익.

총운은 신법을 밟아 단숨에 거리를 좁혔다. 그리고 백운기의 백회혈(百會穴)과 마혈(痲穴)을 짚었다.

당분간은 공력도 제대로 된 움직임도 펼칠 수 없으리라.

두 사람은 한동안 침묵 속에 서로를 바라봤다.

"일단 배를 떠나자."

총운이 몸을 일으켰다.

이대로 목적지에 도착하면 다시 신교인을 마주치게 될 것이다.

그전에 반드시 배를 벗어나야 했다.

선내로 들어서자 문에 기댄 성좌노인이 보였다.

주변에는 암기에 당한 신교인들이 수북하게 쌓여 있었다. 그가 얼마나 고생했을지 생각하니 가슴이 짠했다.

"어르신!"

총운은 화급히 그에게 달려갔다.

출혈이 심했는지 얼굴이 하얗고 맥도 잘 뛰지 않았다.

그는 옷자락을 찢어 노인의 발목과 다리를 묶었다. 그리고 등에 손을 얹어 공력을 불어넣었다.

지금은 자생력을 믿는 수밖에 없었다.

총운은 성좌노인을 등에 업고 갑판으로 나왔다.

폭우는 다소 가라앉았지만 풍랑은 여전히 거칠었다.

"저 정도까지면 어떡해든 해볼 수 있겠어."

총운은 작게 고개를 끄덕였다. 그리 멀지 않은 곳에 육지가 있었던 것이다.

"뭍으로 가자."

총운의 시선이 백운기를 향했다.

"뭐라고? 혹시 제정신이 아닌 건가?"

백운기는 대놓고 총운을 비웃었다.

육지까지의 거리는 대략 백 보가량 되었다.

물살이 거세지 않았다면 헤엄을 칠 수도 있었다. 하지만 지금 강에 뛰어들었다간 익사하고 말 것이다.

"가짜를 잡은 덕에 공력이 좀 남아. 가자."

"헛소리하지 마라."

"너야말로."

총운은 피식 웃으며 백운기의 모든 혈을 점령했다. 백운기는 눈을 부릅뜬 채로 총운을 노려봤다.

"넌 아직 쓸모가 있어. 쉽게 죽이지 않을 거다."

그는 천지취룡신공을 극성으로 펼친 뒤 강가로 뛰어들었다.

등 뒤에는 성좌노인과 백운기가 대롱대롱 매달렸다.

"취운비(醉雲飛)."

총운은 아슬아슬한 모습으로 물살 위에 떴다.

허공답보(虛空踏步)의 수법을 응용해 즉석으로 신법을 만들어낸 것이다.

그는 빠른 걸음으로 강 위를 걸었다.

파도가 발목을 잡았고 엎은 두 사람도 크게 부담이 됐다. 하지만 그럼에도 이를 악물고 버텼다.

'빨리 돌아가지 않으면 안 돼.'

성좌노인의 상처가 심상치 않았다.

치료를 받지 않는다면 목숨도 장담할 수 없었다. 문제는 그 뿐만이 아니었다.

사리진 교주의 행방도 마음을 괴롭혔다.

과연 그는 가짜를 심어놓고 무엇을 하고 있는 것일까.

불길한 예감은 좀처럼 지울 수가 없었다.

'다시 만났을 때는 반드시 처리해주마.'

총운은 흑천운을 떠올리며 각오를 다졌다.

第三章
소탐대실(小貪大失)

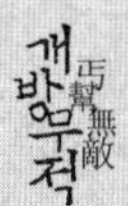

새까만 구름이 하늘을 뒤덮었다.

바람은 싸늘했으며 굵직한 빗방울이 대지를 두들겼다.

궂은 날씨에 기문산을 넘어 명월관으로 향하는 무리가 있었다.

그들은 다소 해진 우의를 입고 전진에 전진을 거듭했다.

무리의 선두에는 피부가 하얀 청년이 섰다.

청년은 눈썹이 굵고 진했으며 이목구비가 뚜렷했다.

그 뒤로 어덟 명의 인물이 있었는데 요염하게 생긴 여성을 비롯해 다양한 이들이 자리했다.

그들은 오랜 걸음 끝에 명월관이 내려다보이는 고개에 도착했다.

명월관의 성벽은 이전과 다름없이 견고하고 웅장했다. 수성을 하기엔 이만큼 좋은 장소도 드물었다.

만약 성문을 잠그고 방어만 한다면 청년이라도 답이 없었다.

"안쪽에 병력은 몇 명 정도지?"

"현재 삼백 정도로 보고 있습니다. 나머지 절반은 혈중옥을 치러갔다고 합니다."

"혈중옥이라."

청년이 턱을 쓸어내렸다.

혈중옥은 정파인과 그의 가족들을 수용하고 있는 감옥이었다.

이곳이 뚫린다면 신교에게도 제법 타격이 갔다.

안에는 구파와 세가의 고위급 인물도 많았기 때문이다.

하지만 명월관을 회수하게 된다면 오히려 그들이 이득이었다.

그 이득은 살을 주고 뼈를 얻는 수준의 이익이 아니었다. 손톱을 내어주고 척추를 뽑아 버리는 수준이었다.

적을 일망타진할 수 있는 기회인 것이다.

"혈중옥에는 지원병력을 보내지 마라."

"네? 일단 막는 것이 좋지 않겠습니까?"

백혈방이 놀라서 물었다.

명월관과 비교할 수는 없지만 혈중옥도 요충지 중 하나였다.

너무 쉽게 포기하는 거란 생각이 들었다.

"어차피 지금 보내도 늦어. 그럴 바엔 우리 쪽 인원을 늘리는 게 낫지."

청년이 담담하게 말했다.

"준비는 확실히 끝난 건가?"

"네, 한 시진 뒤에 이백의 인원이 진입하도록 명령했습니다."

"좋다. 가자."

청년이 앞장서자 그 뒤를 여덟의 일행이 따랐다.

그랬다.

청년은 신교의 교주 흑천운이었으며 함께하는 것은 신교의 최고수 십대존자들이었다.

일흑신교 최고수들이 명월관을 접수하기 위해 직접 나선 것이다.

'어차피 너희는 나를 감당할 수 없어.'

흑천운은 명월관을 보며 비릿한 미소를 지었다.

그는 정파가 가진 모순을 꿰뚫고 있었다.

그들은 힘을 키우기 위해서 외부에서 사람을 받아들여야
했다.

만리향굴의 인원만으로는 결코 신교를 무너뜨릴 수 없기
때문이다.

하지만 그렇게 되면 안으로 파고드는 신교인을 막아낼 도
리가 없었다.

물론 정파도 사람을 거르는 절차가 있기는 했다.

그 때문에 먼저 보냈던 하급 무사 몇 명이 그 자리에서 참
수를 당했다.

'이 몸은 그런 쓰레기와 다르다.'

그는 당당한 걸음으로 명월관을 향했다.

명월관에서 사람을 모집하는 것은 하루에 단 두 번뿐이었
다.

바로 오시(午時)와 신시(辛時)였다.

마침 명월관의 남문에는 열 명의 무사가 서 있었다.

"너희는 천천히 따라 오거라."

흑천운은 수하들을 인근에 숨기고 홀로 문으로 향했다. 그
를 발견하고 무사들이 검을 뽑아 들었다.

"명월관에 합류하고 싶어서 온 것입니까?"

점창의 정천기가 물었다. 그는 검문하는 인원 중 무공이 가
장 고강했다.

“네, 힘이 되고 싶어서 먼 곳에서 왔습니다.”

흑천운이 공손하게 대답했다.

이에 검문하는 인원들이 날카로운 눈으로 그를 훑었다.

그들은 이미 수많은 신교인을 걸러내고 죽여 봤다. 말만 듣고 상대를 판단하진 않았다.

“그럼 혹시 어느 문파 소속입니까?”

“무당파의 속가제자였습니다.”

흑천운은 망설임없이 답했다.

사실은 무당이 아니라 그 어떤 문파도 둘러댈 수 있었다. 그는 이미 구파와 세가 무공의 정수를 흡수했다.

“무당이라? 무공을 한번 봐도 되겠습니까?”

뒤에 있던 장백정이 나섰다.

그 역시 무당파 소속으로 태극혜검(太極慧劍)을 오성까지 익힌 기재였다.

‘드디어 올 게 왔군.’

흑천운이 남몰래 미소를 지었다.

명월관의 검문 방식은 소속과 무공을 확인하는 방식으로 이루어졌다.

그중 가장 많은 비중을 차지하는 것이 무공 쪽이었다.

정파와 사파의 무공은 그 원류(原流)가 달랐다.

얼마간 수련한다고 해서 다른 쪽 무공을 쉽게 펼칠 수는 없었다.

하지만 검문을 넘긴다면 오히려 손쉽게 잠입할 수 있었다.

"유운장력(流雲掌力)의 한 초식을 펼치겠습니다."

흑천운은 양손을 허리에 얹은 뒤 공력을 불어넣었다. 그러자 눈이 호수처럼 파르스름해졌다.

휘이이이익.

두 손이 시간차를 두고 원을 그려 나갔다.

그 오묘한 움직임은 운외창천(雲外蒼天)의 묘미를 잘 살리고 있었다.

구름을 걷어내고 뻗어나가는 기개가 고스란히 드러난 것이다.

"대단하군요. 속가제자의 수준이 아닌 것 같은데."

"무당의 무공을 모르는 제가 봐도 엄청납니다."

문지기들은 감탄을 하기에 바빴다.

'당연하지. 내 장법은 네 장문인이 펼치는 것과 같은 수준이니까.'

흑천운은 속으로 웃음을 삼켰다.

"따로 이견은 없으실 것 같은데."

정천기가 문지기들을 보며 동의를 구했다.

열 명의 문지기 중 과반수의 찬성이 있어야 명월관으로 입장할 수 있었다.

"뭐, 이런 분을 안 받으면 누구를 받겠습니까?"

"그럼요. 당연히 통과입니다."

의견을 물은 결과 구대일로 흑천운의 통과가 결정되었다. 이에 정천기가 성벽을 향해 크게 손을 흔들었다.

검문이 끝났으니 문을 열라는 뜻이었다.

끼리리리릭.

낡은 쇳소리와 함께 거대한 쇠문이 아가리를 벌렸다.

성문을 보는 흑천운의 얼굴엔 희미한 미소가 어렸다.

용의 입이 벌어졌으니 남은 건 안을 헤집는 것뿐이었다.

"요새도 정파인들이 많이 찾아옵니까?"

"전보다는 많이 줄었죠. 그래도 만리향굴에 있을 때보단 수가 배로 늘었습니다."

흑천운의 대답에 장백정이 대답했다.

표정이 환한 것을 보니 같은 무당 사람을 만나서 반가워하는 듯했다.

반면 못마땅한 표정을 짓고 있는 사람도 하나 있었다.

유일하게 반대표를 던진 소림의 십팔나한 천각이었다.

"무공을 한 번 더 보여주실 수 있습니까?"

천각이 재차 무공시현을 요청했다.

"천각스님, 굳이 그럴 필요가 있을까요? 두말할 나위 없는 무당 분입니다."

“그럼 한 번 더 펼친다고 해서 문제가 될 것은 없겠습니다.”

장백정과 천각의 시선이 허공에서 부딪쳤다.

“재차 무공을 펼치면 됩니다. 두 분이 싸울 일이 아니죠.”

흑천운이 나섰다.

그는 방금 펼쳤던 무당의 장법을 다시금 재현했다.

역시 군더더기가 없는 완벽한 장법이었다. 하지만 이를 본 천각의 얼굴은 새파랗게 질렸다.

“성문을 내려라. 성문을.”

천각이 공력을 담아 쩌렁쩌렁하게 외쳤다. 그리고 사람들을 억지로 문 안쪽으로 몰아붙이려 했다.

“지금 뭐하시는 겁니까?”

장백정이 불쾌한 표정으로 천각을 노려봤다. 하지만 천각은 여전히 허둥지둥한 모습이었다.

“방금 못 봤습니까? 저놈의 눈이 파란색으로 변했습니다.”

“그게 뭐, 대수…….”

장백정은 말을 채 잇지 못했다.

순간 어떤 생각이 머리에 번뜩였기 때문이다.

눈이 파랗게 변하는 사람은 중원을 통틀어 한 명뿐이었다.

일흑신교의 교주 흑천운.

그가 천통안을 쓰면 눈이 파랗게 변한다는 사실은 무림인 모두가 알았다.

설마 교주가 직접 명월관을 찾았단 말인가.

문지기들은 서로를 보며 말없이 고개를 끄덕였다. 그리고 사방진을 짠 채로 성문을 지키고 섰다. 교주가 성 내로 들어가게 된다면 그 결과는 걷잡을 수 없었다.

끼리리리리릭.

다행히 문은 다시 올라가고 있었다.

단 몇 초라도 시간을 번다면 교주를 막을 수 있는 것이다. 그들은 비장한 시선으로 흑천운을 응시했다.

"정말 당신이……. 신교의 교주요?"

장백정이 간신히 입을 열었다.

다른 이들은 경악을 금치 못해 눈만 껌뻑이고 있었다.

"땡중이 제법 눈치가 있군. 하지만 때는 이미 늦었다."

흑천운의 얼굴에 싸늘한 미소가 어렸다.

그는 소림의 비전 지공 중 하나인 탄지신공(彈指神通)을 펼쳤다.

그것도 열손가락 모두에 공력을 담아 쏘아냈다.

휘이이이익.

단단한 공력뭉치가 문지기들의 미간을 꿰뚫었다.

그들은 이마에 피를 흘리며 털썩 쓰러졌다. 단 한 수 만에 허무하게 세상을 뜬 것이다.

그사이 명월관의 철문은 서서히 닫혀가고 있었다.

"능공천상제(凌空天上梯)."

눈이 파랗게 빛나며 소림의 신법이 펼쳐졌다.

흑천운은 새처럼 날아 닫히는 철문 사이로 진입했다.

드디어 명월관 진입에 성공하고 만 것이다.

그가 나타나자 도르레를 감던 무사들이 기겁을 했다. 있을 수 없는 일이 벌어지고 만 것이다.

"아니! 하늘을 날다니."

"내가 뭘 잘못 본 건가?"

병사들은 놀람과 경악으로 몸이 딱딱하게 굳었다.

무언가 잘못되었음을 알았지만 어떻게 대처하면 좋을지 몰랐다.

"중원에 이 몸의 땅이 아닌 곳은 없지. 이곳도 마찬가지다."

흑천운의 입가에 잔잔한 미소가 어렸다.

명월관은 그가 무림맹을 친 뒤 가장 먼저 접수했던 곳이었다.

그 중요함은 이루 말할 수 없었다.

그는 탄지신공을 이용해 병사들을 모조리 죽였다. 그리고 단 한 명만을 직접 붙들었다.

"살려주십시오."

병사는 오들오들 떨며 온몸으로 바닥에 엎드렸다. 두려움 때문에 바지에 오줌을 지리기도 했다.

"가서 전해라. 신교의 교주가 친히 방문했다고."

흑천운은 병사를 풀어준 뒤 성문을 다시 열었다.

일각 정도 지나자 십대존자 여덟 명 역시 명월관에 도착했다.

사파의 수뇌부가 정파의 심장부에 무혈 입성한 것이다.

쿠르르르룽.

천둥이 치면서 하늘이 번쩍였다.

빗줄기는 여전히 강성했으며 조금도 순해질 기미가 보이지 않았다.

"날씨는 조금 아쉽군."

흑천운이 작게 중얼거렸다.

날이 맑았다면 오룡혈귀옥을 이용해 민가를 불사를 생각이었다.

그렇게 됐다면 정파인들에게 더 강렬한 충격을 줄 수 있었으리라.

"지금부터는 저희가 나서겠습니다."

십대존자의 일인자 백혈방이 말을 꺼냈다.

교주의 옥체가 상하는 것은 결코 있어선 안 됐다.

십대존자 팔인 만으로도 충분히 명월관을 접수할 수 있

었다.

"됐다. 오랜만에 몸을 풀도록 하지."

흑천운은 단호하게 백혈방을 물렀다.

그의 시선은 저 멀리 다가오는 정파인을 향했다.

접근하는 이들의 숫자는 대략 사백이었고 선두에는 초향육현의 최고수 삼인이 있었다.

'그 녀석은 없는 건가?'

흑천운은 다소 아쉬움을 느꼈다.

무리 속에서 총운의 모습이 보이지 않았던 것이다. 과연 그는 지금 어디서 무엇을 하고 있을까.

이윽고 정파인들이 무리를 지어 그들과 대치했다.

싸늘한 침묵이 어색했는지 빗줄기가 세차게 대지를 두들겼다.

초향육현이자 수비대장을 맡은 무당의 장운용. 그는 흑천운 일행을 보더니 미간을 찌푸렸다.

'이거 한 방 먹었구나.'

교주는 병력이 빠진 틈을 타서 습격을 감행했다.

천통안이 있으니 정파인으로 가장해 입성하는 것도 식은 죽 먹기였을 것이다.

그가 직접 나설 것을 계산하지 못한 것이 유일한 패착이었다.

장운용은 흑천운을 노려보며 입을 열었다.

"이곳이 어디라고 함부로 들어왔느냐?"

"하늘 아래 있는 곳은 모두 내 땅이다."

"아직 정신을 못 차렸군."

장운용이 검을 빼들었다.

샤르릉 하는 맑은 소리와 함께 검이 흑천운을 향했다. 하지만 흑천운은 안색 하나 바뀌지 않았다.

"너 혼자선 날 감당할 수 없어. 너희 둘."

흑천운은 장운용과 그 뒤에 선 두 명을 가리켰다.

그들은 초향육현의 이인으로 패천일검 남궁문과 질풍섬 일용해였다.

"너희 셋이 나와 싸운다. 어떤가?"

"네놈의 오만함이 하늘을 찌르는구나!"

장운용이 이를 부득부득 갈았다.

그럼에도 쉽게 결정은 내릴 수 없었다.

흑천운은 과거에 무당의 장문인과 용두방주의 협공도 무너트렸다. 그들이 다수라고 해도 결코 만만하게 볼 수 없었다.

"하긴 너희 수준을 보면 그것도 벅차겠군."

흑천운은 그렇게 말하며 왼손을 뒷짐 졌다.

"일흑신교의 교주로서 약속하지. 너희를 상대하는 데는 오른팔만 사용하겠다. 이러면 할 만하겠지?"

그의 광오한 말에 정파인들은 노기를 참지 못했다.

남궁문과 일용해 역시 검을 뽑아 들고 장운용의 곁에 섰다.

"망설일 것 없습니다. 어차피 결판은 내야 하지 않겠습니까?"

남궁문이 굳은 표정으로 그를 응시했다.

수비대장인 그의 용단을 기다리는 것이었다. 고민하던 장운용은 곧 작게 고개를 끄덕였다.

"좋소. 기왕 이렇게 된 거 한판 붙어봅시다."

장운용의 검에 새파란 검기가 어렸다.

곁에 있던 두 사람도 공력을 끌어올리며 전투를 준비했다.

상대가 상대인 만큼 전력을 다하지 않으면 안 됐다.

네 사람이 뿜어내는 공력으로 성문 주변의 공기가 짓눌리기 시작했다.

"와라. 애송이들아."

흑천운이 냉소를 흘리며 오른손을 까닥거렸다.

그렇게 무림의 흥망을 가를 전투의 서막이 올랐다.

第四章
믿고 싶지 않은 진실

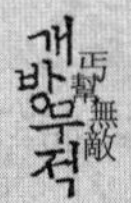

날이 개고 있었다.

먹구름 사이로 듬성듬성 햇빛이 내리쬈다. 지독하게 쏟아
붓던 빗줄기도 잠잠해졌다.

혈중옥으로 떠났던 명월관의 인물들.

그들은 무사히 작전을 완수하고 관으로 복귀하는 중이었
다.

처음 이백으로 출발했던 인원은 도리어 사백으로 늘어났
다.

게다가 그 인원들은 모두 뛰어난 무공을 가진 구파와 세가

의 인물들이었다.

이들은 분명 정파에 커다란 전력이 될 것이다.

"성과가 꽤나 좋았습니다."

황보풍현이 만족스런 미소를 지었다.

명월관을 떠날 때만 해도 이만한 소득을 거둘 줄은 몰랐다.

이제 똘똘 뭉친 정파의 인원은 팔백에 가까웠다.

거기에 개방도까지 합친다면 그 수는 천도 넘을 수 있었다.

전면전을 욕심 낼 수준까지 오른 것이다.

"하늘이 도운 것이지요. 이제 정말 희망이 보이기 시작합
니다."

덕건이 합장을 하며 말했다.

그는 말간 하늘을 보며 총운을 떠올렸다.

'부디 성공했으면 좋으련만.'

혈중옥을 떠나기 전 개방의 서찰을 받았다.

서찰은 총운이 직접 쓴 것으로 감찰 나온 교주를 암살하겠
다는 서신이었다.

만약 그가 교주를 죽인다면 전세는 백팔십도 바뀔 것이다.

일행은 모두 부푼 희망 속에 복귀를 서둘렀다.

그런데 하남을 지나 호북으로 향하던 중 뜻밖의 비보를 접
했다.

교주 흑천운을 비롯해 십대존자가 명월관을 습격했다는

내용이었다.

이를 전달한 것은 역시 개방의 거지였다.

"서둘러 돌아가야 합니다. 명월관이 함락 직전이라고 합니다."

"그게 정말이오? 어떻게 명월관을?"

덕건은 경악을 금치 못했다.

몇몇 신교인이 위장한 채 명월관에 접근한 적은 있었다. 하지만 그들은 모두 싸늘한 주검으로 사라졌다.

철옹성 같은 명월관이 어째서 공략을 당한단 말인가.

"교주가 직접 나서서 사이한 술법을 쓴 것 같습니다."

거지가 땀을 뻘뻘 흘리며 말했다.

"임시 총타를 짓던 개방도 이백 명을 따로 차출했습니다. 함께 맞서지 않으면 안 됩니다."

"어허, 어찌하여 이런 시련을."

덕건은 아미타불을 외치며 합장했다.

그는 인원들에게 소식을 전하고 이동을 서둘렀다.

명월관을 잃는다면 혈중옥의 정파인을 구한 보람이 없었다.

사람이 있다한들 머물 거처가 없다면 소용없었다.

"그럼 백로관은 어찌 된 것이오?"

"저희도 아직 연락이 되지 않습니다."

거지의 대답에 덕건은 혀를 찼다.

그럼 충운이 쫓고 있는 교주와 명월관에 나타난 교주는 무엇이란 말인가.

어쨌건 양쪽 모두 함정에 빠진 것은 분명했다.

일행은 신법을 밟으며 무서운 속도로 전진했다.

두 시진 정도 달리니 명월관의 굳건한 성벽이 눈앞에 보였다.

성벽과 조금 떨어진 곳엔 타구진을 친 개방도들이 있었다.

"향주님을 뵙습니다."

개방도를 이끄는 황칠명이 포권을 했다.

"이게 웬 날벼락입니까?"

"신교에서 단단히 벼르고 있었던 모양입니다. 명월관은 이미……."

황칠명의 시선이 남문을 향했다.

남문은 단단하게 잠겼으며 성벽 위로 세 명의 인물이 형틀에 묶였다.

자세히 보니 모두 초향육현이었다.

고초를 겪었는지 몸이 말도 아니게 망가졌다.

머리는 봉두난발이었으며 아물지 않은 상처에선 피가 터졌다.

게다가 일룡해는 한쪽 다리를, 남궁문은 한 쪽 팔을 잃었다.

"이런 극악무도한 놈들!"

덕건의 눈썹이 지렁이처럼 꿈틀거렸다.

마음 같아서는 당장에라도 신교인을 쳐부수고 싶었다.

하지만 닫힌 성문은 그에게 단죄를 허락하지 않았다.

"저희도 소식을 받는 대로 달려왔습니다. 하지만 도착했을 때는 이미 성문이 닫혔습니다."

황칠명의 목소리에 안타까움이 서렸다. 마음이 아픈 것은 그 역시 마찬가지였다.

관내에 정파인들과 동료거지들은 지금도 처참한 고통을 겪고 있을 것이다.

하지만 현재로썬 그들을 구할 방법이 없었다.

그사이 흑천운을 비롯한 십대존자가 성벽에 나타났다.

교주를 보는 순간 일행의 몸은 석상처럼 굳고 말았다.

정사대전 이후 흑천운이 처음으로 모습을 드러낸 것이다. 그의 얼굴을 알고 있던 이들은 하나같이 공포에 떨었다.

설령 그를 모른다고 해도 몸에서 뿜어지는 악기(惡氣)는 오금을 저리게 하기에 충분했다.

"어때? 정신이 번쩍 들지 않나?"

흑천운의 얼굴에 사악한 미소가 감돌았다.

"바보 같은 건 이 년 전이나 지금이나 똑같군. 너희는 평생 내 발끝에도 미지치 못해."

“헛소리하지 마라.”

덕건이 공력을 담아 외쳤다.

사자후(獅子吼)가 가미된 외침에는 강렬한 노기가 서렸다.

“원래 모자라는 놈들이 목소리로 사람을 누르지.”

흑천운이 어깨를 으쓱하며 말을 이었다.

“어쨌거나 이곳은 다시 내 땅이다. 너희는 한마디로 집 잃은 고양이 신세라는 거지.”

“일이 네 생각대로 풀릴 것 같으냐?”

“안 될 이유도 없지.”

흑천운이 빙긋이 웃으며 형틀에 묶인 세 사람을 향했다. 그는 세 사람과 성벽 아래의 정파인들을 번갈아 보았다.

순간 덕건의 등골이 오싹해졌다.

흑천운이 이런 장치를 마련한데는 다 이유가 있을 것이다. 그것이 정파에 좋지 않으리라는 건 뻔했다.

“나를 상대로 반각을 버티더군. 나름 재미있는 시간을 보냈어.”

“세 사람을 어쩔 셈이지?”

“풀어줄 생각이다.”

흑천운의 대답은 의외였다.

정파의 최고수 삼인을 그대로 놔주겠다니.

이는 지극히 파격적인 결정이었다.

개방도와 명월관 인원들도 이를 믿지 못해 시선을 교환했다.

"이 년 만에 중원 땅을 직접 디뎠다. 이 정도 자비는 필요하겠지."

흑천운이 눈짓을 하자 수하가 밧줄을 풀기 시작했다.

신교의 교주가 약속을 실천하는 것이었다. 눈으로 보면서도 믿을 수 없는 광경이었다.

"난 약속은 지키는 사람이야. 당연히 풀어줘야지."

흑천운은 그렇게 말하며 손톱에 공력을 불어넣었다.

혈교의 근접무공 중 하나인 혈지갑(血指甲)을 펼친 것이다.

그의 손톱은 금세 피에 물든 것처럼 붉어졌다.

"풀어 주마. 고통스러운 세상의 족쇄에서."

말을 마침과 동시에 손톱이 허공을 갈랐다.

붉은 빛이 번쩍임과 동시에 세 사람의 목과 몸통이 분리 되었다.

'아, 이럴 수가⋯⋯.'

덕건의 미간에 주름이 졌다.

동료들이 죽는 순간이 정지된 것처럼 느리게 지나갔다.

핏방울이 물감처럼 서서히 허공에서 번졌다.

목이 허공에 떠오르면서 그들의 표정에도 경악이 어렸다.

덕건은 더 이상 볼 수 없어 고개를 떨어뜨렸다.

흑천운은 정파인들의 표정을 살피며 너털웃음을 지었다.

그는 항상 이런 순간을 좋아했다.

희망이 단숨에 절망으로 뒤바뀌는 찰나를 말이다.

"집들이는 이만 끝내도록 하지. 빈손으로 보내긴 뭣하니 선물을 받아가라."

흑천운이 바닥에 떨어진 머리들을 주웠다. 그리고 이를 정파인을 향해 던졌다.

정파고수들의 머리가 허공을 날았다.

그 기괴한 광경에 모두가 얼음장처럼 굳어 버렸다.

휘이이익.

가장 먼저 나섰던 것은 덕건이었다.

그는 나한보(癩漢步)를 밟으며 이들의 머리를 받아냈다. 또한 가사를 벗어 머리들을 곱게 감쌌다.

마르지 않은 피가 금세 가사를 적셨다.

덕건은 한동안 말없이 흑천운을 노려보았다.

그의 흉흉한 시선에 십대존자마저 고개를 돌렸다. 담담했던 것은 오직 흑천운뿐이었다.

"백보신권(百步神拳)."

나지막한 외침과 함께 수십의 권경 다발이 날아들었다.

그 목표는 물론 흑천운이었다.

"내 견식안을 높여주려는 건가?"

그는 광오하게 웃으며 천통안을 발휘했다.

눈이 파랗게 물들어감과 동시에 백보신권의 이치가 머릿속에 연상됐다.

"백보신권(百步神拳)."

흑천운 덕건의 권법을 그대로 펼쳤다.

그의 주먹에서도 강성한 권경이 무수하게 뻗어 나갔다.

쿠우우우우웅.

권경이 서로 충돌하면서 폭음이 일어났다. 잿빛 연기가 사라지면서 시야가 탁 트였다.

흑천운은 역시 무사했다.

덕건의 권경은 그의 털끝 하나도 건드리지 못했다.

"네놈에겐 반드시 천벌이 따를 것이다."

"그날을 기대하고 있지."

두 사람의 대화는 그렇게 끝났다.

정파인들은 쓸쓸하게 명월관을 등졌다. 이제 그들이 갈 곳은 한 군데밖에 없었다.

第五章
불가능을 가능으로

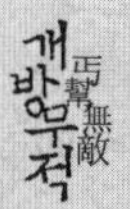

섬서성 화산.

화산 중턱에는 커다란 흙벽이 지어지고 있었다.

흙벽의 넓이는 인근의 봉우리 두 개를 아우를 정도로 넓었다.

또한 높이도 삼십 미(米)에 달해 무공으로 넘지 못했다.

흙으로 지었지만 그 강도는 무시할 수 없었다.

흙벽에는 자갈을 비롯해 석회까지 섞였다. 거기다가 벽을 겹겹이 쌓아서 두께도 상당했다.

"이걸 정말 우리가 만든 거야?"

"그러게 말이다. 벌써 이렇게 커졌어."

개방도들은 작업을 하면서도 흙벽에 감탄했다.

흙벽을 짓기 시작한 지도 거의 한 달이 다 되었다. 짧다면 짧고 길다면 길다고 할 수 있는 시간이었다.

사백의 거지는 하루 종일 성벽을 쌓는 것으로 일과를 보냈다.

그 성과가 바로 지금 눈앞에서 위용을 뽐내는 흙벽이었다.

"이 정도면 신교랑 붙어 볼 만하겠는데."

"당연하지. 누가 대라궁에서 교주 좀 불러와라."

개방도들은 그런 농담도 주고받았다.

작업이 순조로웠던 것은 다른 쪽도 마찬가지였다.

다른 쪽의 임무는 굴을 파면서 흙벽의 재료를 제공하는 것이었다.

이들의 수는 대략 삼백에 가까웠다.

그들은 밤낮을 가리지 않고 굴을 팠다.

처음에는 맥없이 손을 썼지만 점차 그 방법이 진화해 나갔다.

굴 파는 시간을 무공수련의 시간으로 치환한 것이다.

일부는 권으로 암석더미와 흙을 부수었고, 일부는 타구봉에 공력을 담아 벽을 부수었다.

방법이 바뀌면서 굴 파는 속도는 급속도로 증가했다.

그들은 이미 화산을 넘어 대라궁 인근 평야 지대까지 굴을
진행시켰다.

개방의 작업은 그렇게 빠른 진도를 보였다.

한편 명월관을 잃은 정파인들이 임시 총타에 합류했다. 유
일한 거처가 사라졌기에 의탁할 곳이 없었다.

그들은 개방의 작업을 도우며 무공 수련에 힘썼다.

*   *   *

날이 맑았다.

싱그러운 나뭇가지 사이로 무지개가 걸렸다.

한 쌍의 참새가 정답게 지저귀었으며 산들바람이 적삼을
뒤흔들었다.

총운은 흙벽 인근에 있는 백천봉(百千峰)을 향했다.

백천봉에선 화산의 정경을 내려다보기 좋았다.

가끔은 살짝 구름이 어려 신선들의 비경을 보는 듯도 했다.

이곳엔 몇몇 정파인을 묻은 무덤도 있었다.

'벌써 칠 일이 지났구나.'

총운은 하늘을 보며 한숨을 지었다.

일 년 동안 일어날 일이 지난 며칠에 다 일어난 것 같았다.

교주를 암살하려 했지만 실패하고 돌아왔다.

철옹성 같던 명월관도 단 한 달을 넘기지 못하고 빼앗기고
말았다.

또한 도중에 초향육현의 삼인도 허무하게 목숨을 잃었다.

하나같이 믿고 싶지 않은 일들이었다.

'이제 슬슬 승부수를 던져야지.'

총운은 작게 고개를 끄덕였다.

명월관을 잃었다고 해서 의기소침할 수만은 없었다.

신교는 조만간 이곳 임시 총타로 쳐들어올 것이다.

총타마저 무너진다면 중원의 미래는 단연코 없었다.

'할 수 있다. 절대로 불가능한 일이 아니야.'

그에겐 현 흐름을 바꾸고 일흑신교를 무너뜨릴 비장의 작
전이 있었다.

위험부담은 크지만 성공했을 때 돌아오는 것도 만만치 않
았다.

오늘 회의 시간에는 이를 발의할 생각이었다.

생각에 잠긴 사이 백천봉에 도착했다.

총운은 봉우리 주변을 돌며 경취를 즐겼다.

마음이 심란할 때는 자연만 한 벗도 없었다.

그들은 아무 말도 하지 않지만 그것이 오히려 큰 치료가 되
었다.

걷다 보니 정파인들의 무덤까지 도착했다.

‘먼저 와 있었던 건가?’

총운은 무덤 앞에 선 남궁혜를 응시했다.

어깨와 몸이 가늘게 떨리는 것을 보니 울고 있는 것 같았다.

그녀의 아버지 장운용은 명월관에서 목숨을 잃었다.

하나뿐인 혈육이 세상을 떠났으니 구곡간장이 녹는 심정이리라.

“뭐하십니까?”

총운은 일부러 인기척을 냈다.

그녀는 삼 일째 식음을 전폐하고 있었다.

더 이상 슬픔에 빠지게 놔두어선 안 됐다. 총운의 물음에 그녀는 대답하지 않았다.

그저 빨갛고 퉁퉁 부은 눈으로 흘깃할 따름이었다.

총운은 그녀 곁에 서서 한동안 침묵을 지켰다.

“그만 돌아갑시다. 다들 걱정하고 있어요.”

“혼자 있고 싶으니까 가만히 두세요.”

“계속 이러다간 쓰러질지도 몰라요. 고집 피우지 말아요.”

“걱정해 주는 척 말아요. 아무것도 모르면서.”

남궁혜의 말투는 싸늘했다. 그녀는 심지어 총운을 쳐다보지도 않았다.

총운은 한동안 말없이 그녀를 응시했다.

“맞아요. 난 소저의 마음 같은 걸 몰라요. 관심도 없구요.”

총운의 말에 남궁혜가 눈을 치켜떴다. 전혀 예상치 못한 답변이었다.

“하지만 이거 하나만큼은 압니다. 지금 이러고 있는 건 사랑하는 사람을 욕되게 하는 일이에요. 언제까지 하늘에 있는 아버님까지 슬프게 할 겁니까?”

총운은 말없이 남궁혜를 끌어안았다. 그리고 천천히 등을 다독였다.

“이제 마지막으로 한 번만 우는 거예요. 약속할 수 있죠?”

총운의 말에 남궁혜의 몸이 들썩였다.

그녀는 총운을 끌어안고 서럽게 울었다. 이에 총운까지 몸이 떨릴 정도였다.

그렇게 일각이 지났을까.

남궁혜가 훌쩍이며 총운을 응시했다.

“죄송해요. 괜히 고집을 피워서.”

“아니에요. 사랑하는 사람을 잃는다는 게 어떤지 저도 잘 아니까.”

문득 스승이 떠올라 가슴이 울컥했다.

자신의 손톱부터 쓸개까지 모두 주고 간 사람. 그에게는 평생 갚아도 모자랄 빚을 졌다.

“가만있어 봐요. 계속 이러고 있으면 개방으로 확 데려오는 수가 있으니까.”

총운은 소매로 남궁혜의 눈가를 닦아 주었다. 그녀의 얼굴에는 시꺼먼 눈물자국이 번져 있었다.

“이제 내려갈까요?”

“네.”

남궁혜의 얼굴에 처음으로 미소가 번졌다. 두 사람은 나란히 서서 임시 총타로 향했다.

침묵을 먼저 깨뜨린 것은 남궁혜였다.

“백로관님은 두렵지 않으세요?”

“뭐가 말이죠?”

그녀의 물음에 총운이 어깨를 으쓱했다.

“그냥 이것저것 다요. 막강한 교주도 살아 있는데다가 명월관은 빼앗겼잖아요.”

그녀는 머뭇거리다가 말을 이었다.

“정말 우리에게 희망은 있을까요?”

“동이 트기 전이 가장 어두운 법입니다. 그날은 어쩌면 생각보다 가까울 수도 있어요.”

총운이 피식 웃으며 말했다.

신교와는 서로 한 수씩을 주고받은 상황이었다.

어찌 보면 진검승부는 지금부터라고 볼 수 있었다. 총운은 이미 두 가지의 포석을 준비했다.

그 포석이 어떤 결과를 낳을지는 시간이 말해주리라.

"신교가 두렵다면 그냥 절 믿으세요. 그놈들을 섬멸하기 전까지 저는 절대 쓰러지지 않을 거니까."

"그거 좋은 방법이네요."

남궁혜가 작게 고개를 끄덕였다.

총운을 보고 있으면 왠지 희망을 꿈꿀 수 있었다.

태원에서 그녀를 구했던 것도, 만리향굴을 찾고 또 빠져나올 수 있었던 것도 그의 덕택이었다.

그가 추진하고 해낸 일은 수없이 많았다.

일흑신교라는 먹구름도 총운이라면 걷어낼 수 있지 않을까.

"일단 식사를 하고 푹 자요. 그러면 마음이 편해질 거니까."

"네."

남궁혜가 밝게 대답했다.

총운은 그녀와 헤어진 뒤 발걸음을 돌렸다.

그가 향한 곳은 총타 기슭에 있는 작은 감옥이었다.

감옥에는 신교의 십대존자 적령모와 백령기가 있었다.

두 사람 모두 공력을 잃고 팔이 묶였다. 도망을 치는 것은 애당초 불가능했다.

"오랜만입니다. 잘 지내셨죠?"

총운이 아무렇지 않게 인사했다.

그의 인사에 두 사람이 힐끗하고 시선을 보냈다. 그리고 곧 관심 없다는 듯 벽에 기대 하품을 했다.

예전과는 백팔십도 다른 분위기였다.

일전에 만났을 때는 독기를 품은 여우같은 느낌이 들었다. 하지만 지금은 노곤함을 이기지 못하는 나무늘보 같았다.

“뭐야? 안 가냐?”

백령기가 저리 가라는 듯 휘휘 손짓을 했다.

“두 분을 보러 온 건 제가 처음일 텐데. 반갑게 맞아주시죠.”

“헛소리하기는.”

“그냥 가라니까?”

두 사람이 미간을 찌푸리며 맹렬히 저항했다.

그들에게 총운은 철천지원수일 뿐이었다. 그 능글맞은 얼굴은 다시 보고 싶지 않았다.

그럼에도 총운은 옥문을 열고 안으로 들어갔다.

의외의 행동에 두 사람은 시선을 마주했다. 놀랍게도 둘은 같은 생각을 떠올렸다.

설마 이놈이 우리를 죽이려 온 건가.

“뭘 그렇게 놀라십니까? 저승사자라도 마주친 것 같은 표정인데요?”

"아니, 뭐, 직접 들어올 줄은 몰랐으니까."

백령기가 담담한 척 말했다.

하지만 심장은 입 밖으로 뛰어나올 만큼 심하게 요동쳤다. 두 사람과 총운은 말없이 눈빛을 교환했다.

"뭘 원하는 거지?"

적령모가 먼저 운을 뗐다.

심심해서 자신들을 찾았을 리는 없었다. 분명 꿍꿍이속이 있을 것이다.

"죽일 거면 빨리 죽여라. 어차피 살만큼 살았어."

"섭섭한 말씀 마시죠. 누구나 천수(天壽)는 다 누리고 떠나야 하는 것 아닙니까?"

총운은 피식 웃으며 말을 이었다.

"오늘 두 분을 찾은 건 제안할 게 있어서입니다."

"제안?"

두 사람이 동시에 소리쳤다.

세상에 포로에게 제안할 것이 있단 말인가. 이는 일반적인 상식에 어긋나는 일이었다.

"저를 도와주시면 한 달 후엔 풀어드리겠습니다."

"허튼 수작 마라. 우리를 풀어준다고?"

"십대존자를 호구로 보는 것이냐?"

백령기와 적령모가 처음으로 언성을 높였다. 총운이 그들을 기만한다고 여겼기 때문이다.

"헛소리를 하려고 찾은 게 아닙니다."

총운이 단호하게 말을 이었다.

"제갈총운의 이름을 걸고 하늘에 맹세합니다. 제안에 응한다면 반드시 여러분을 풀어드릴 겁니다."

두 사람은 총운의 기백에 압도당했다.

눈빛엔 흔들림이 없었으며 표정에도 형용할 수 없는 자신감이 서렸다.

과연 그는 무엇을 믿고 이리 당당하단 말인가.

"그럼 일단 그 제안이라는 걸 말해봐라."

적령모가 먼저 나섰다.

상대의 의도를 확인하는 것이 우선이라 느꼈다. 판단은 그 후에 해도 늦지 않았다.

총운은 두 사람에게 접근해 귓속말을 했다.

이를 다 듣고 난 둘은 악어처럼 입을 쩌억 벌렸다.

"내 귀가 잘못 된 건가……. 이봐, 너 진심이야?"

백령기는 어처구니가 없어서 콧방귀를 꼈다.

토끼가 호랑이 굴에 들어가면 사지가 찢긴 채 잡아먹힐 뿐이다.

그것이 신교를 물리칠 작전이란 게 어처구니없었다.

하지만 총운의 표정은 담담하기만 했다. 어떻게 보면 살짝 웃고 있는 듯도 했다.

"바보 같은 짓이다. 그런 게 교주에게 먹힐 것 같은가?"

적령모 역시 회의적인 반응을 보였다.

그는 총운과 대립하는 입장이었다.

작전의 현실성만큼은 냉철하게 판단할 수 있었다. 총운의 제안은 한 마디로 무용지물이었다.

"되는 일은 하고 안 되는 일은 안한다. 그거야말로 누군들 못합니까?"

총운이 두 사람을 보며 말을 이었다.

"안 되는 것을 되게 만드는 것이 협객의 일입니다. 그리고 그것이 정파에게 필요한 돌파구이기도 하죠."

총운의 대답이 끝나고 잠시 무거운 침묵이 흘렀다.

"야, 어떻게 할래?"

"선택의 여지가 없지."

"그럼, 교주님과 신교를 배신하자는 말이야?"

백령기가 눈썹을 치켜떴다. 적령모가 이리 쉽게 변절할 줄은 몰랐다.

"죽은 신교인이 될 바엔 살아남은 변절자가 되겠어."

적령모가 담담하게 말했다.

그는 총운을 보며 뜻에 따르겠다는 신호를 보냈다.

"현명한 판단입니다. 그리고 참고로 말씀드리면 여러분은 일흑신교를 배신할 필요가 없습니다."

총운의 시선이 백령기를 향했다.

"신교는 한 달 뒤에 무너질 겁니다. 존재하지 않는 것을 배신하는 건 불가능하죠."

총운의 말에 백령기가 광소를 터뜨렸다.

그의 웃음소리는 감옥을 통째로 흔들 정도로 찌렁찌렁했다.

"재미있는 놈이군. 교주님이 왜 신경을 쓰는지도 알 것 같아."

백령기의 얼굴에 미소가 어렸다.

"우릴 풀어준다는 것은 참 말이겠지?"

"중원인에게 약조란 천금과도 같은 것입니다. 정사파의 구분은 없습니다."

"좋다. 나도 네 계획을 따르도록 하지."

백령기가 고개를 끄덕였다.

총운은 곧 돌아오겠다고 한 뒤 옥을 떠났다.

마두들을 포섭했으니 이젠 동료들을 설득해야 했다.

'딱 한 달이다. 일흑신교가 판을 치는 것도.'

그는 굳은 표정으로 회의장을 향했다.

第六章
최후의 계략

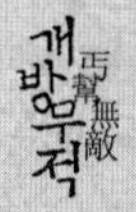

회의장은 다소 초라했다.

벽화나 병풍 등의 장식물은 전혀 없었으며 기다란 원탁과 방석 몇 개만이 열 맞춰 놓였다.

방은 수뇌부가 앉으며 꽉 찰 정도로 비좁았다.

그 모습은 마치 중원의 정세를 반영하는 것처럼 암울하기 짝이 없었다.

모처럼의 회의를 주선한 것은 총운이었다.

명월관을 잃은 뒤 전체적으로 분위기가 뒤숭숭했다. 이를 반전하기 위해 자리를 마련한 것이다.

총운을 시작으로 명월관의 간부와 개방의 간부가 차례대
로 자리를 채웠다.

"다들 심란하신 것 같군요."

총운은 앉은 이들을 보며 운을 뗐다.

모두 명월관을 잃은 일을 떨쳐내지 못한 듯했다. 그중에서
도 방장 덕건의 표정이 특히 어두웠다.

"오늘 이 자리를 마련한 건 다른 게 아닙니다. 신교를 물리
칠 방안을 재차 논하기 위함입니다."

그의 말에도 분위기는 역시 조용했다.

"앞으로 한 달입니다. 한 달 안에 신교가 죽든, 정파가 죽
든 결판이 날 겁니다."

"무슨 묘책이라도 있는 겁니까?"

아미파의 법련이 물었다.

다른 이들 역시 눈동자에 호기심이 번쩍였다.

총운이 허튼 소리를 할 사람이 아니라는 건 모두가 알았다.

"명월관분들은 모르시겠지만 사실 개방에선 필살의 계책
을 준비하고 있습니다."

총운은 숨겨 두었던 땅굴에 대해 언급을 했다.

땅굴이 화산을 지나 대라궁을 향하고 있다는 것을 말이다.

이에 명월관 인물들이 화들짝 놀랐다.

관문을 돌파하지 않고 굴을 통해 궁에 접근하다니.

개방도의 압도적인 숫자가 아니라면 불가능한 작전이었
다.

"허어, 그럼 성벽을 짓는 것은 속임수군요. 땅굴을 판 흙을
감추기 위해서 말입니다."

"이런 생각을 다 하다니. 정말 놀랍습니다."

사람들이 하나둘 감탄을 터뜨렸다.

적의 심장부로 직통하는 길이 생겼다. 이는 정파인에게 새
로운 희망과도 같았다.

대라궁을 무너뜨린다면 신교인들은 오합지졸로 무너지고
말 것이다.

"작업이 슬슬 끝을 향해 가고 있습니다. 그래서 지금부터
신교도를 섬멸할 작전을 펼칠까 합니다."

총운이 설명을 이었다.

그의 작전은 간단했다.

명월관 인물들과 개방도들이 각지에 흩어져 파상공세를
펼친다.

그러면서 최대한 많은 인원을 임시 총타에 끌고 오는 것이
었다.

"그건 무리수를 던지는 게 아닙니까?"

공덕구가 이의를 제기했다.

사람들이 임시 총타에 몰려든다면 명월관에서 당했던 꼴

을 면치 못할 것이다.

게다가 임시 총타는 명월관만큼 단단하게 수비를 할 수 없었다.

신교인들이 대거 몰려온다면 참패할 게 분명했다.

"바로 그겁니다. 신교인이 우리를 공격하도록 하는 게 목표입니다."

"네? 진심이십니까?"

많은 이들이 놀라 물었다.

총운의 말이 언어도단처럼 느껴진 까닭이다.

적이 쳐들어오는 것을 어찌 달갑게 여길 수 있겠는가.

"최대한 많은 인원이 우리를 치도록 해야 합니다. 그래야 대라궁의 인원이 빌 테니까요."

총운이 씨익 웃으며 말했다.

우선 신교인들이 임시 총타에 침입하도록 꿰어낸다.

정파인들은 수비를 함과 동시에 굴을 통해 대라궁으로 진입한다.

그리고 마지막으로 굴을 입구를 완전히 막아 버린다.

"아, 그런 거군요. 그럼 총타에 쳐들어왔던 병력이 붕 뜨겠습니다."

법련이 환하게 웃으며 말했다.

총운의 계획을 뒤늦게 눈치챈 것이다.

이렇게만 된다면 신교의 병력은 닭 쫓던 개 신세를 면치 못할 것이다.

"바로 그겁니다."

총운이 웃으며 맞장구를 쳤다.

"하지만 이 계획에는 한 가지 문제점이 있습니다. 하나는 굴이 대라궁으로 잘 이어져 있는지 확인하기 힘들다는 점이고 다른 하나는."

그는 뜸을 들인 뒤 말을 이었다.

"아무도 대라궁이 어떤 곳인지 모른다는 겁니다. 대라궁의 병력은 어떻게 되는지, 구조는 어떤지 말입니다."

총운의 말에 분위기가 다시 무겁게 가라앉았다.

문제는 역시 대라궁이었다.

대라궁에 들어간 정파인치고 살아 돌아온 이가 없었다.

신교의 성지는 오리무중의 요새인 셈이다.

사전지식 없이 침입했다간 허무하게 당할 가능성이 높았다.

침묵이 흐르는 가운데 만상익이 운을 뗐다.

"그럼 어서 말씀해 주시죠."

그는 총운을 보며 환하게 웃었다.

"백로관님께선 벌써 계책이 있지 않으십니까?"

"너는 속일 수가 없구나."

총운은 차를 들이킨 뒤 간부들과 시선을 맞추었다.

"제가 대라궁으로 들어가겠습니다. 궁의 병력과 지리를 파악하고 굴의 위치도 잡겠습니다."

총운의 말에 모두의 눈이 휘둥그레졌다.

신교도들은 총운을 잡기 위해 혈안이 되어 있었다. 그런데 무슨 수로 궁에 입성한다 말인가.

"진심입니까? 다시 생각해 보세요."

덕건이 합장을 하며 말했다.

총운의 계획은 섶을 안고 불길에 뛰어드는 것처럼 위태로웠다.

대라궁은 결코 만만한 곳이 아니었다.

아마 성문도 넘지 못해 죽임을 당할 것이다.

"그냥 가겠다는 것은 아닙니다. 변장을 해야지요."

총운이 설명을 이어 나갔다.

현재 임시 총타에는 인질로 잡은 두 명의 십대존자가 있었다.

그 둘 중 하나로 위장하여 대라궁에 침입하는 것이다.

"다른 십대존자와 교주의 눈을 속일 수 있다고 생각하십니까?"

아미파의 법련이 우려를 표했다.

사파의 무공과 행동거지, 그리고 버릇까지 익히지 않으면 반드시 들킬 것이다.

"막다른 골목에 몰렸으니 다른 길은 없습니다. 그리고."

총운이 말을 이었다.

"하늘도 더 이상 중원이 피 흘리는 것을 원치 않을 겁니다. 이번에야말로 신교를 무너뜨립시다."

총운은 단호하게 끝을 맺었다.

이후 회의는 한 식경 가까이 진행되었다.

회의가 끝날 무렵 총운의 계획은 만장일치로 통과했다.

＊　　　＊　　　＊

그날 저녁.

총운은 두 사람이 갇혀 있는 감옥을 향했다.

모두에게 동의를 받은 만큼 산뜻하게 일을 처리할 수 있었다.

발소리가 들리자 둘이 동시에 고개를 돌렸다.

내심 총운을 기다렸는지 눈이 반짝였다.

"계획대로 진행하면 됩니다. 두 분을 풀어주는 데 다른 분들도 동의했어요."

"정말이지? 나중에 딴소리하면 재미없을 줄 알아."

"정파 입장에선 두 분을 풀어드리고 신교를 물리치는 게 이득이죠. 아닙니까?”

총운이 피식 웃으며 자리에 털썩 앉았다.

지금부터 구체적인 위장 계획을 논할 생각이었다.

“저는 두 분 중 어떤 분으로 분장해야 하죠?”

“고민할 거 없다. 무조건 나야.”

총운의 물음에 백령기가 엄지로 자신을 가리켰다.

“명월관을 잃어버린 건 절대로 용서받지 못해. 돌아가면 이유 불문 죽어.”

“맞는 말이다.”

적령모 역시 순순히 인정했다.

“게다가 나는 권법과 장을 쓰니까 무공을 배우는 것도 내 편이 낳지.”

“좋습니다. 그럼 백령기 형님으로 위장하죠.”

“형님이라. 나쁘지 않은 호칭이군.”

백령기가 만족스러운 표정을 지었다.

그는 총운이 익혀야 할 것을 차근차근 설명했다.

가장 기본적인 것은 그의 무공이었다.

사파무공과 정파무공은 그 성격이 판이하게 달랐다. 어설프게 흉내를 냈다간 의심을 사기 딱 좋았다.

“내가 자주 쓰는 권법과 신법. 마지막으로 절기. 이렇게 세 가지만 익혀. 잡다하게 많이 안고 갈 필요 없다.”

백령기는 즐겨 쓰는 흑풍철권(黑風鐵拳)과 마령신법(魔靈身法), 그리고 폭뢰광풍권(爆雷狂風拳)의 초식을 알려주었다.

휘이이이이익.

충운의 주먹이 허공을 갈랐다.

초식을 듣자마자 몸소 펼친 것이다.

이를 지켜본 백령기는 감탄을 금치 못했다.

쾌도난마(快刀亂麻)의 이치가 고스란히 녹아들어 흠잡을 데가 없었다.

"쳇, 그동안 왜 무공을 배웠나 싶네."

백령기가 혀를 차며 말했다. 반면 적령모의 표정은 그리 밝지 않았다.

"네 권에는 커다란 문제가 있다."

"그게 뭡니까?"

"바로 심법이지. 정파의 심법은 청정하지만 우리 사파의 심법은 역주천을 해서 탁하고 패도적이다."

적령모가 천천히 말을 이었다.

"네 기운으로 무공을 펼치면 다른 존자가 금세 눈치챈다. 교주를 속이기란 더더욱 불가능하지."

"심법까지 익혀야 한다는 겁니까?"

"물론이다."

"에이, 그건 무리지. 두 가지 심법을 익히면 몸이 남아나질 않아."

백령기가 손사래를 쳤다.

그도 총운의 문제점을 알고 있었다.

하지만 심공을 익히기보단 다른 방법으로 해결하려고 했다.

"조언 감사합니다. 천천히 연구해 보죠."

총운은 작게 고개를 끄덕였다.

그의 시선을 받은 백령기가 헛기침을 했다.

"다음은 교주와 십대 존자에 관해서 설명해주마. 정체를 들키지 않으려면 아무래도 사람을 잘 알아야지."

백령기의 설명이 이어졌다.

첫 번째 주자는 물론 교주 흑천운이었다.

흑천운은 그야말로 냉혈한이었다. 신뢰와 애정 같은 단어는 그와 거리가 멀었다.

그는 수하를 하나의 장기 말로 인식했다.

적재적소에 갖다 쓰고 쓸모가 없으면 죽여 버렸다.

그것은 십대존자라고 해서 예외는 아니었다.

흑천운이 숭상하는 것은 오로지 무(武)였으며 약자는 죽어 마땅한 존재였다.

백령기는 십대존자에 대해서도 설명을 이었다.

출신이 조금씩 달랐던 만큼 존자들의 성격도 제각각이었
다.

그와 친분이 깊었던 건 세 명이었다.

두 사람은 마교출신이었고 다른 이는 포달랍궁 출신이었
다.

백혈방과 더불어 십대존자의 양대 산맥인 파천검(波天劍) 사
령천(死靈天).

쌍도의 대가 도귀(刀鬼) 흑쌍월(黑雙月).

곤봉의 신이라고 불리는 곤황(梱黃) 무백봉(武白峰).

그 주인공들은 이와 같았다.

"이들은 특히 조심해야 돼. 평소와 다른 점이 있으면 바로
발견할 테니까. 그리고."

백령기가 한숨을 쉬며 말을 이었다.

"골칫거리인 계집이 하나 있는데. 이 아이도 조심해."

그녀는 혈교 출신의 요녀(妖女) 혈호련(血蝴蓮)이었다. 그는
그녀와 종종 육체적 관계를 맺는다고 했다.

"알겠습니다."

총운은 그가 말한 것을 머릿속에 입력했다.

대라궁에선 작은 실수 하나가 치명적인 결과를 불러올 것
이다.

그곳엔 그의 편을 들어줄 사람이 아무도 없었다.

“마지막으로 할 일은 완전히 내가 되는 거다.”

백령기가 피식 웃으며 말을 이었다. 그는 턱으로 자신의 어깨를 가리켰다.

“내 어깨에는 세 개의 점이 있지. 봐라.”

“확실히 그렇네요.”

총운은 점을 확인하고 고개를 끄덕였다.

“하지만 네가 가져야 할 건 점뿐 만이 아니야. 내가 다른 존자들과 함께했던 기억들까지 전부 흡수해야 하지. 어쩌면 이게 가장 어려운 시험이 될 수 있다.”

“할 수 있습니다. 이보다 더한 것도.”

“역시 기백 하나만큼은 무림 제일이구나.”

백령기가 껄껄 웃었다.

밤이 깊어가면서 새파란 달빛이 창가를 비집고 들어왔다. 하지만 총운은 이를 느낄 새도 없었다.

백령기에 이어 적령모의 설명이 이어졌기 때문이다.

그는 손가락으로 땅바닥에 그림을 그렸다.

대라궁의 건물들과 그 역할을 설명해 주는 것이었다.

‘기다려라. 흑천운.’

밤과 함께 총운의 각오도 깊어져갔다.

＊　　　＊　　　＊

시간은 흐르고 흘렀다.

총운이 야심찬 계획을 세운 지도 벌써 보름이 지났다. 그의 일과는 늘 감옥에서 시작해서 감옥으로 끝났다.

백령기와 적령모의 마두 교육 때문이었다.

총운은 하루를 세 개로 쪼개어 시간을 보냈다.

오전에는 백령기의 무공을 익혔으며 오후에는 대라궁과 그 인물들을 암기했다.

마지막으로 저녁에는 백령기의 인생사를 들었다.

총운은 백령기를 흡수하려 노력했다.

말투와 사고방식은 물론이요, 신체적인 특징도 동일화했다.

성좌노인에게 역용술을 배워 그와 똑같은 얼굴을 하고 돌아다니기도 했다.

"너 인간 맞아? 사람이 어떻게 매일 달라지냐?"

"정말 대단하군. 할 말이 없다."

백령기와 적령모는 총운에게 감탄을 금치 못했다.

총운은 그들의 가르침을 그야말로 빨아들였다. 하나를 가르치면 이를 부수적인 열 가지로 응용했다.

"너희 같은 하찮은 것과 나를 비교하지 마라."

위협감이 서린 중저음의 목소리와 비릿한 냉소.

총운은 완전히 백령기로 빙의하였다.

두 사람이 대화를 하면 쌍둥이를 보고 있는 느낌이 들 정도였다.

이는 단순히 표면적인 부분을 훑는 게 아니었다.

그는 백령기의 기억까지 완전하게 자신의 것으로 했다.

특히 다른 존자와 연관된 부분은 시시콜콜한 것까지 외웠다.

같이 술을 마시면서 생긴 일화나 그들이 죽인 정파인에 관한 것까지.

공통분모에 관한 것은 철저하게 공부했다.

이를 대화에 섞어 쓴다면 그 누구도 총운을 의심하지 못하리라.

총운은 그 와중에 자신만의 계획을 세우는 것도 잊지 않았다.

'이왕 변장할 거 제대로 한번 속여보자.'

총운은 그렇게 마음먹었다.

그는 인근에 버려진 사체를 구해 머리를 떼어냈다. 그리고 그 머리를 자신과 똑같이 만들었다.

사체가 부패했던 만큼 대충 손을 보아도 모습이 비슷했다.

'무림을 위한다고 생각해 주십시오.'

그는 이를 부대 자루에 넣고 몰래 숨겼다.

머리는 대라궁에 가면 큰 반향을 일으킬 것이다.

시간은 그렇게 흘러갔고 임시 총타를 떠나기 하루 전날이 되었다.

총운은 마지막으로 감옥을 찾았다.

*　　　*　　　*

하늘이 맑고 푸르렀다.

봄날의 태양은 따사로웠으며 바람도 포근했다. 길 가에 핀 꽃들은 하늘거리며 춤을 추기도 했다.

공덕구는 이마의 땀을 훔치며 굴을 나왔다.

방금 막까지 작업을 해서 그런지 얼굴이 흙투성이었다.

"벌써 시간이 이렇게 됐구나."

그는 하늘을 보며 중얼거렸다.

임시 총타에 자리를 잡은 지도 어언 한 달이 지났다. 총운이 지시한 계획은 순조롭게 진행 중이었다.

총타를 감싼 흙벽은 더욱 단단해졌으며 파고 있는 땅굴도 깊어져갔다.

개방도들의 무공수위 역시 예전에 비해 놀라운 성취를 보였다.

특히 귀갑타구진(龜甲打狗陣)과 응조타구진(鷹爪打狗陣)은

절정의 위력을 뽐냈다.

그 위력은 이미 실전에서도 검증을 끝냈다.

엊그제의 사건을 생각하면 아직도 가슴이 벅찼다.

공덕구와 오십의 개방도는 산 중턱에서 타구진을 수련 중이었다.

때마침 초향육현의 한 명인 화산의 현태천이 이곳을 지나갔다.

"진법을 한번 봐주시겠습니까?"

"설마 타구진입니까? 타구진은 오백으로 펼치는 것으로 알고 있는데."

현태천이 고개를 갸웃했다.

오십으로 펼치는 타구진이란 들어본 적이 없었다.

게다가 타구진이 강력한 것은 이를 이루는 인원이 많기 때문이었다.

소림의 나한진처럼 진법 자체가 강한 것은 아니었다.

"바쁘진 않으니 한 수 배워 볼까요?"

"감사합니다."

공덕구가 고개를 숙여 예를 표했다.

현태천이 검을 뽑자 샤르릉하는 맑은 소리가 났다.

개방도들은 각자 자리를 잡고 귀갑 타구진을 준비했다. 강자를 상대할 때는 방어에 집중하는 편이 좋았다.

일진에는 권법과 장에 능한 거지.

이진에는 타구봉을 능숙하게 다루는 거지.

마지막 삼진에는 신법과 음공에 능한 거지가 자리했다.

진법 준비가 끝나자 현태천이 검을 올려 기수식을 했다.

귀갑타구진과 초향육현이 펼치는 한판 대결이 시작되는 것이다.

"갑니다."

현태천이 신법을 밟으며 거리를 좁혔다.

휘이이이익.

그의 검이 꽃처럼 허공에 흩날렸다.

화산이 자랑하는 칠절매화검(七絶梅花劍)을 펼치는 것이다.

"온다. 시작하자."

공덕구는 이진에서 수하를 지휘했다.

그의 쩌렁쩌렁한 외침에 거지들이 일사분란하게 움직였다.

가장 먼저 움직인 것은 삼진이었다.

그들은 취팔선보를 밟으며 현태천의 시야를 어지럽게 했다.

틈틈이 내지르는 음공 산비벽정(山飛壁井)은 상대를 놀래키기에 충분했다.

이진은 타구봉으로 현태천의 예상 동선을 차단했다. 또한 일진이 부족한 부분을 메우기도 했다.

일진은 최전방에서 현태천의 공격을 맞받아쳤다.

그들은 날다람쥐처럼 치고 빠지는 수법을 이어갔다.

이들의 대련은 일각 넘게 지속되었다.

"이런."

현태천이 가쁜 숨을 내쉬며 개방도를 응시했다.

맹렬한 공격을 퍼부었음에도 타구진은 무너질 기미가 보이지 않았다.

처음에는 장난삼아 펼친 대련이었지만 갈수록 불이 붙었다.

사실 절기에 속하는 무공을 제외하고 모든 무공을 사용했다.

그것들이 다 막힐 정도로 귀갑 타구진은 단단했다.

초향육현인 그가 고작 개방도 오십에 애를 먹다니.

이는 사실 굴욕과도 같은 사건이었다.

"향주님이 급하게 찾으십니다."

대련이 잠시 소강상태일 때 명월관의 사자가 공터로 달려왔다.

"흠. 대련은 다음으로 미뤄야겠습니다. 개방의 소형 타구진도 상당히 강력하군요."

"도와주셔서 감사합니다."

공덕구는 돌아서는 현태천을 보며 미소를 지었다.

그는 알고 있었다. 이번 대련의 승리는 그들 개방도의 것임을.

이제 무림의 그 누구도 개방이 약하다고 말하지 못하리라.

"그럼 오늘도 힘을 내볼까?"

공덕구는 볼을 두드리며 수련장으로 향했다.

그런데 산길을 따라 걷다 보니 묘한 기감(氣疳)이 느껴졌다.

'이 기운은?

임시 총타에서는 단 한 번도 느낀 적 없는 사이한 기운이었다.

그 기운은 수풀을 지나 남쪽 흙벽으로 향했다.

공덕구는 조심스럽게 그의 뒤를 쫓았다.

'아니, 저 자식이 어째서?

공터에서 기감의 주인공을 알아차렸다. 그가 쫓고 있던 자는 다름 아닌 백령기였다.

그는 주변을 살피며 조용히 신법을 밟고 있었다.

무슨 수를 썼는지는 모르겠지만 감옥을 탈출하고 총타마저 벗어나려는 듯했다.

"네 이놈. 간이 배 밖으로 나왔구나."

공덕구는 신법을 밟아 앞을 가로 막았다.

백령기는 그를 보고도 전혀 놀란 기색이 아니었다. 오히려 팔짱을 낀 채 냉소를 보였다.

"누군가 했더니 거지 새끼였군. 크크큭."

"백로관님이 계실 텐데 어떻게 탈출했지?"

"백로관이라서 그런지 머리도 완전히 하얀 모양이야. 무공을 보여준다고 공력을 풀어달라고 했다. 그걸 순순히 믿더군."

"말도 안 돼! 백로관님이 너에게 당했다고?"

공덕구는 눈앞이 핑 돌았다.

총운이 이렇게 허무하게 당하다니. 절대로 있어선 안 되는 일이었다.

그가 죽는다면 개방의 거지는 누가 이끈단 말인가. 아니, 그는 이미 개방을 넘어 모든 정파인의 희망이었다. 그의 죽음은 곧 실낱같은 희망의 말살이었다.

"무공이 아무리 강해도 소용없어. 잠깐 정신을 놓으면 저승으로 가는 거지."

"미친놈. 널 이 자리에서 죽여주마."

"너 따위가 십대존자인 나를 감당하겠다는 거냐?"

백령기의 몸에서 새까만 기운이 어른거렸다. 그의 공력은 공덕구보다 배 이상으로 강력했다.

'감당할 수 있을까?'

공덕구는 엄습하는 공포를 잊기 위해 입술을 꼭 깨물었다. 백령기는 총운을 목숨을 앗아간 마두였다. 두렵더라도 승부를 보지 않으면 안 됐다.

"도망치려고 해도 늦었어."

백령기가 선수를 쳤다.

그는 마령신법(魔靈身法)을 밟으며 거리를 좁혔다.

쎄에에에엑.

강성한 권이 양쪽 어깨를 노렸다. 공덕구에겐 이만한 공격을 막을 힘이 없었다.

'어쩔 수 없다.'

그는 취팔선보를 밟으며 주먹을 피해냈다.

발동작은 취한 듯 비틀거렸지만 그 속에는 허허실실의 이치가 잘 녹아 있었다.

결국 백령기의 주먹은 허공을 가르고 말았다.

"이번엔 내 차례다."

공덕구는 공력을 끌어올리며 손바닥을 뻗었다.

가장 자신 있는 무공인 옥룡팔장을 꺼내든 것이다.

옥룡팔장은 옛 총타에 있을 때부터 꾸준히 익혔다. 그 상대가 백령기라 해도 자신 있었다.

"크크큭. 무공도 거지답구나."

백령기의 얼굴에 비릿한 미소가 어렸다.

그는 옥룡팔장에 맞서 흑풍철권을 사용했다. 악기(惡氣)에 물든 주먹은 철퇴처럼 강력했다.

쿠우우우웅.

장법과 권법이 충돌하면서 굉음이 일어났다.

두 사람은 한동안 서로를 맞댄 채로 공력 싸움에 들어갔다.

'이런, 밀린다.'

공덕구는 피가 나도록 자신의 입술을 깨물었다.

조금씩 밀리던 형세는 이제 따라 잡을 수 없을 수준까지 올라갔다.

그는 장을 거둠과 동시에 뇌려타곤(懶驢陀坤)의 수법으로 주먹을 피했다.

흑풍철권은 아슬아슬하게 머리를 스쳤다.

"마두가 도망칩니다. 이쪽이에요!"

공덕구가 공력을 담아 소리쳤다.

그 혼자선 도저히 백령기를 감당할 수 없었다.

감옥 생활로 약해졌을 거라 판단하고 덤볐지만 큰 오산이었다.

지원군이 올 때까지 시간을 버는 걸로 작전을 선회해야 했다.

"빌어먹을. 거지 놈이."

백령기의 얼굴이 종잇장처럼 일그러졌다.

그는 공력을 끌어올리며 세 발의 권경을 쏘아냈다.

한 방이라도 맞았다간 저세상 구경을 할 수 있었다.

공덕구는 취팔선보를 극성으로 밟으며 권경을 피해냈다.

다행히 경로가 정직해서 회피가 어렵진 않았다.

퍼어어어어엉.

권경이 지면에 닿자 폭음과 함께 잿빛 연기가 치솟았다.

백령기는 그 틈을 타 산길을 거스르기 시작했다.

하지만 개방도와 명월관 인물들을 결코 호락호락하지 않았다.

어느새 팔십의 거지가 길을 장악했다.

앞뒤로는 귀갑타구진이 펼쳐졌으며 초향육현의 법련과 황보풍현도 거기에 가담했다.

제아무리 십대존자라 해도 빠져나갈 도리가 없는 것이다.

"저 녀석이 어떻게 감옥을 나왔습니까?"

"백로관님을 기습한 것 같습니다."

"그럼 당장 사람을 보내야겠어요."

법련이 걱정스런 표정으로 말했다.

지금 같은 시기에 총운의 부재는 상상도 하지 못할 일이었다.

누가 뭐래도 지금 정파를 이끌고 있는 것은 총운이었다.

한편 백령기는 팔짱을 낀 채 묘한 미소를 짓고 있었다.

"그럴 필요 없다. 백로관은 무사하니까."

"뭐라고? 헛소리를 하면 가만두지 않겠다."

"크크큭. 틀릴 수가 없지. 왜냐하면 내가 백로관이니까."

백령기가 손으로 얼굴을 매만졌다.

역용술이 풀리면서 곧 총운의 얼굴이 드러났다. 그 황당한 상황에 공덕구는 경악을 금치 못했다.

"살고 싶어서 아주 발악을 하는 구나. 얼굴만 바꾼다고 속을 줄 알았냐?"

그는 차가운 눈빛으로 총운을 노려봤다.

신교의 마두에게 호락호락 속아 줄 수는 없었다.

백령기는 궁지에 몰려 총운의 흉내 내는 게 분명했다.

"부총관님이 속을 정도면 대라궁에서도 충분히 먹힐 연기력인 것 같군요."

총운은 피식 웃으며 하늘에 손바닥을 뻗었다.

이윽고 용의 울부짖음과 함께 강렬한 바람이 주변에 휘몰아쳤다.

그가 펼친 것은 항룡십팔장의 제이초식인 비룡제천(飛龍在天)이었다.

"정말 백로관님이십니까?"

공덕구는 눈을 비비며 총운을 응시했다.

그를 비롯해 법련과 개방도들 역시 눈을 끔뻑거렸다. 상황이 계속 뒤집히는 통에 갈피를 잡을 수 없었다.

이제는 총운이 나서야 할 때였다.

"내일이면 대라궁으로 떠나게 됩니다. 그전에 여러분을 상대로 시험을 친 것이죠. 어떻습니까? 감쪽같았습니까?"

총운의 장난스런 미소에 모두가 한숨을 내쉬었다.

그가 허무하게 세상을 떴다면 아마 사기는 바닥을 쳤을 것이다.

"시험이라면 이런 시험은 다시는 없었으면 합니다."

공덕구가 가슴을 쓸어내렸다.

처음 총운이 당했다는 말을 듣고는 심장이 멎는 줄 알았다.

"죄송합니다. 다른 방법이 없어서. 떠나기 전에 술이나 한 잔하시죠."

총운은 공덕구와 함께 나란히 하산했다.

그의 작은 시험은 성공적으로 마무리되었다.

*　　　*　　　*

다음 날 아침.

총운은 임시 총타의 남쪽 성벽에 있었다.

그의 곁에는 개방과 만리향굴의 일부 수뇌부들만이 함께

자리했다. 비밀 작전이 새어 나가는 것을 막기 위함이었다.

일행의 얼굴에는 하나같이 비장함이 서렸다.

총운이 떠나고 보름이 지나면 정파와 사파의 마지막 혈투가 벌어질 것이다.

그의 활약 여부에 따라 승패가 좌우되리라.

"손에 들고 있는 건 무엇입니까? 게다가 타구봉까지 챙기는 것입니까?"

덕건이 합장을 하며 물었다.

총운의 왼손에는 핏방울이 어린 부대 자루가 들렸다. 또한 타구봉 역시 손에 들렸다.

대라궁에 가는데 어울리는 짐은 아니라고 생각했다.

"남의 집에 가는 데 빈손으로 갈 수는 없는 법이죠."

총운이 피식 웃으며 말을 이었다.

"조만간 제가 죽었다는 소문이 돌 겁니다. 헛소리라 생각하시고 계획대로 진행하시면 됩니다."

그는 마지막으로 동료와 접선할 장소를 정했다. 출발 준비가 완전히 끝난 것이다.

"몸 건강히 다녀오세요."

"부처님의 대자대비(大慈大悲)함이 함께 하기를."

총운은 일행의 배웅을 받으며 성벽을 나섰다.

날씨는 화창했으며 산들바람도 포근했다. 길가에 핀 봄꽃들이 화려한 빛을 뿜내며 춤을 췄다.

마치 총운의 여정을 축복해주는 듯한 모습이었다.

'드디어 여기까지 왔구나.'

총운은 하늘을 보며 감회에 젖었다.

신교와의 지지부진한 싸움도 이젠 며칠 남지 않았다.

이제 남은 건 중원의 운명을 결판 지을 단 한 번의 승부였
다.

그날이 되면 흑천운과 함께 일흑신교도 역사의 뒤안길로
사라지리라.

돌아보니 총타는 한 손바닥에 가려질 만큼 작아졌다.

이제부터는 제갈총운이 아니라 십대존자 백령기가 나설
차례였다.

쉬이이이이익.

재빠른 손놀림과 함께 총운의 얼굴이 변해갔다.

"크크큭. 이제 즐겁게 놀아보자고."

第七章
십대존자 백령기

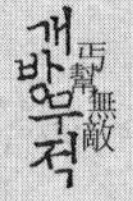

섬서성의 대라궁.

대라궁은 옛 무림맹을 허물고 만들어진 성전이었다.

궁전은 넓이는 무려 이백 무(畝)에 가까웠는데 황제의 궁성과 맞먹을 정도였다.

성벽은 오십 미(米)정도로 높았으며 궁 전체를 크게 둘러싸고 있었다.

또한 대라궁 중앙에는 일흑신탑이라고 하는 커다란 탑이 있었다. 이는 높이가 어마어마해 몇 리 밖에서도 눈에 띄었다.

“가자.”

총운은 볼을 두드리며 걸음을 계속했다.

앞으로 반 시진만 걸으며 대라궁에 닿을 수 있었다. 대라궁을 향했던 지난 칠 일 간의 여정.

총운은 백령기와 적령모의 교육을 피나게 복습했다.

조금이라도 빈틈이 있다면 상대는 이를 파고 들 것이다. 한 치의 실수도 용납되지 않았다.

생각을 하며 걷는 사이 일흑문(一黑門)에 도착했다.

일흑문은 대라궁에 입성하기 위해 지나는 검문소와 같았다.

‘악취미군.’

총운의 얼굴이 종잇장처럼 일그러졌다.

그가 본 것은 적혈대(赤血臺)라고 하는 작은 언덕이었다. 이곳엔 참수한 정파인들의 머리가 걸려 있었다.

다들 원한을 풀지 못하고 죽었기 때문일까.

사자(死者)들의 표정은 하나같이 경직되고 끔찍했다.

일흑문 입구에 도착하자 경비들이 토끼처럼 놀란 눈을 했다.

죽은 줄 알았던 백령기가 복귀했기 때문이다.

그들은 며칠 전에 백령기와 혈극부가 죽었다는 보고를 받았었다. 하지만 머리보다 몸이 먼저 반응했다.

"시, 십대존자를 뵙습니다."

열 명의 경비가 무릎을 꿇었다. 이윽고 경비대장 방천무가 운을 뗐다.

"어떻게 되신 겁니까? 모두 십대존자께서 돌아가신 줄 알고 있었습니다."

"죽었다가 살아 돌아왔지. 크크큭."

"바로 대라궁으로 가시겠습니까?"

총운이 작게 고개를 끄덕였다.

그는 방천무를 따라 일흑문을 지났다.

두 사람은 조각상들이 늘어선 돌길을 따라 걸었다.

그 길이 어찌나 길었는지 좀처럼 끝이 보이질 않았다.

총운은 아닌 척하며 주변을 훑어보았다.

과연 대라궁에 궁은 허투루 붙은 것이 아니었다.

주변에는 정갈한 양식의 건물들이 수두룩했다. 높이 역시 기본이 삼 층이었다.

두 사람이 멈춰선 곳은 교주의 집무실인 흑룡각(黑龍閣)이었다.

건물은 머리를 쳐들어야 할 지붕이 보일 정도로 높았다.

"교주님께서 용호전(龍虎殿)으로 오라고 하셨습니다."

"알았다."

총운은 방천무를 보낸 뒤 층계를 올랐다.

최상층을 향할수록 심장이 방망이질 쳤다.

이번에는 가짜 교주가 아닌 진짜 교주를 마주할 것이다. 긴장을 하지 않을 수 없었다.

총운은 심호흡을 한 뒤 인기척을 냈다.

"들어와라."

중저음의 목소리가 귓가를 때렸다.

흑천운은 창가에 서서 바깥을 내려다보고 있었다. 검은 학이 그려진 장포가 바람에 휘날렸다.

"교주님을 뵙습니다."

총운이 무릎을 꿇으며 고개를 숙였다.

흑천운은 돌아선 뒤 말없이 총운을 응시했다.

그 눈초리가 날카로워 온몸이 난도질을 당하는 것 같았다.

확실히 진짜 흑천운은 사람을 압도하는 묘한 기운이 있었다.

"죽지 않고 살아 있었군. 흑목노인과 너희 둘을 태운 배가 가라앉았다고 들었는데."

흑천운이 처음으로 입을 열었다.

그는 암월관을 되찾은 뒤 그들에 대한 보고를 들었다.

신교인 이백과 십대존자 두 명이 선상에서 괴멸했다고 말이다.

아마도 그 주인공은 제갈총운이리라.

흑천운이 무거운 시선으로 그를 응시했다.

총운은 드디어 자신의 차례가 왔음을 느꼈다.

흑천운이라는 첫 관문을 넘지 못하면 모든 것이 무너지고 말 것이다.

"저희 배를 습격한 것은 백로관이었습니다. 그는 막강한 무위로 혈랑대원을 죽여 나갔습니다."

총운이 침착하게 말을 꺼냈다.

"하지만 교주님에게 원한이 있는지 변장한 흑목노인에게 집착했습니다."

"그래서?"

"저는 재빨리 일반 선원으로 위장했습니다. 그리고 녀석이 흑목노인을 죽이고 기뻐하는 찰나에 목을 베었습니다."

총운의 대답과 함께 혈호전에 싸늘한 침묵이 흘렀다.

흑천운은 턱을 쓸어내리며 생각을 정리했다. 그의 침묵이 길어질수록 총운의 긴장감도 배가 되었다.

흑천운이 천천히 입을 열었다.

"그 녀석이 나를 알아보지 못했단 말이냐?"

"네, 감쪽같이 속았습니다. 녀석은 기묘한 장법을 익혔는데 그것이 먹혀든 것으로 착각했습니다."

"기묘한 장법이란 무엇이냐?"

흑천운의 눈썹이 지렁이처럼 꿈틀거렸다.

"공력이 용의 모습으로 현신(現身)합니다. 장법의 범위가 무척이나 넓어 저조차 감당할 수 없을 지경입니다."

"확실히 생사곡에 가긴 한 모양이군."

흑천운의 표정은 여전히 덤덤했다.

그는 총운이 가져온 푸대 자루와 타구봉에 시선을 주었다. 전리품으로 챙겨온 물건이리라.

"보여드리겠습니다."

총운은 이를 읽고 푸대 자루에서 목을 꺼냈다. 그리고 이를 조심스럽게 흑천운에게 건넸다.

"목이라……."

흑천운은 총운의 가짜 머리를 이모저모 살폈다.

시간이 꽤 지나서 그런지 부패가 진행 중이었다. 하지만 그가 알고 있는 총운의 특징은 뚜렷했다.

날카로운 턱 선에 넓은 귓바퀴 등등.

그가 사용하던 타구봉까지 챙겨왔으니 아마도 죽은 것이 맞으리라.

"이 녀석을 무엇으로 죽였지?"

"손날로 목을 쳤습니다."

확실히 절단면이 조금 뭉그러지긴 했다.

검으로 벴다면 이보다 훨씬 날카롭게 베어졌을 것이다.

"한데 잊은 것이냐? 내 분명 네게 이 녀석을 사로잡아 데려

오라 일렀거늘."

"그, 그것은……."

흑천운의 말에 총운은 한순간 말문이 막혔다.

그에 관해서는 백령기에게 들은 바가 없었기 때문이다. 등골이 서늘해짐과 함께 이마에 식은땀이 나기 시작했다.

그가 예상한 그림이 조금씩 엇나가고 있었다.

"뭐, 네 실력으로 이놈을 잡을 순 없었겠지. 적령모도 당했다고 하니."

흑천운이 작게 고개를 끄덕였다.

생사곡에 다녀온 그는 이전과는 비교할 수 없을 만큼 강해졌다.

백령기 혼자 총운을 감당한다는 건 어불성설이었다.

"아쉽지만 이것도 나쁘진 않아."

총운 때문에 암월관을 잃었었고 수많은 신교인이 죽었다. 기왕이면 자근자근 고문을 하고 싶었지만 죽은 이를 되살릴 순 없었다.

"고생했다."

흑천운이 담담하게 말했다. 순간 총운은 가슴 속이 뻥 뚫리는 느낌을 받았다.

'이제 됐다.'

그를 속이고 당당히 대라궁에 입성한 것이다.

마음을 놓았다면 두 손을 치켜들고 환호를 질렀을지도 몰랐다.

총운은 고개를 숙였다.

"감사합니다. 하지만 교주님의 계책이 없었다면 이런 기회도 오지 않았을 것입니다."

"지금부터 서안지방은 완전히 네 땅이다. 포상이라고 생각하면 돼."

"존명!"

총운은 흑천운과의 접견을 마치고 숙소로 복귀했다.

긴장을 해서 그런지 등이 땀에 흠뻑 젖었다. 그와 대면하던 때를 떠올리면 아직도 몸이 떨렸다.

하지만 그의 대라궁 입성기는 지금부터가 시작이었다.

＊　　　＊　　　＊

그날 저녁.

대라궁 연회장이 오랜만에 떠들썩했다.

연회장 탁자에는 갖가지 산해진미(山海珍味)와 명주가 그득했다.

악사들이 연주하는 흥겨운 음악은 끊길 줄 몰랐으며 고소하고 달콤한 냄새가 사방으로 진동했다.

연회장에 모인 사람은 십대존자를 비롯해 대라궁 내에 상급무사 사백 명이었다.

그들은 먹고 마시며 흥겨운 이야기를 나누었다.

교주의 특별 명령에 따라 연회가 펼쳐졌다.

신교를 괴롭히던 원수 제갈총운이 죽었기 때문에 성사된 것이었다.

총운의 죽음은 큰 의미를 가졌다.

교주의 대항마가 사라졌다는 점과 신교의 공포대상이 무너졌다는 점은 커다란 이득이었다.

'이거 기분이 묘하군.'

총운은 애매한 표정으로 수정방(水井坊)을 들이켰다. 화끈한 느낌과 함께 진한 향이 입 안에 감돌았다.

자신이 죽었다고 좋아하는 신교인들.

이들을 보고 함께 기뻐해야 하는 건가, 아니면 불쌍하다고 연민을 해야 하는 건가.

갈피를 잡기 힘들었다.

"자기가 큰 건 하나 올렸다며?"

높은 음조의 콧소리가 들렸다. 돌아보니 흑발을 길게 늘어트린 한 여성이 있었다.

십대존자 중 유일한 여성인 혈효련이었다.

그녀는 총운이 극히 조심해야 할 대상 중 하나였다.

“이 몸의 능력이라면 언제가 벌어질 일이었지.”

“그놈의 허풍은. 뭐, 이번엔 진짜니까 눈감아 줄게.”

혈효련이 다가와 허리를 감쌌다.

총운이 놀라 몸을 들썩이자 그녀가 배시시 웃었다.

“새삼스럽게 왜 이러실까?”

“공개적인 장소에서 이런 적은 없잖아.”

총운은 술을 들이키며 시선을 피했다.

백령기와 혈효련은 밀담을 나누는 사이였다. 그 관계는 상당히 끈적끈적한 수준까지 진행되었다.

“어차피 아는 사람은 다 알고 있어. 교주님도 알고 계실걸?”

혈효련은 대수롭지 않다는 표정을 했다.

“그나저나 자기를 다시 봤어. 제갈총운을 죽이다니. 어떻게 죽인 거야?”

“단방에 죽여 버렸지. 끌끌끌.”

총운은 마기(魔氣)를 끌어올리며 광소했다.

혈효련은 더욱 농밀한 미소를 지으며 총운의 몸을 옭아맸다.

“포상으로 받은 건 없어?”

“서안지방을 완전히 내게 주셨지.”

“정말이야? 그럼 더 놓치기 싫은데?”

혈효련이 밀착해서 몸을 비비기 시작했다.

총운은 모른 척 그녀를 내버려두었다.

백령기의 행실을 생각하면 여자에게 살갑게 굴지는 않을 것이다.

자정이 가까워감에도 연회장은 여전히 뜨거웠다.

'아니, 저 사람들은······.'

총운의 시선이 한 쌍의 연인에게 닿았다.

그들의 얼굴을 확인하는 순간 얼굴이 돌처럼 굳었다. 이런 자리에서 재회할 거라곤 생각지 못했다.

그 주인공은 다름 아닌 귀령과 옥빙화였다.

두 사람은 나란히 걸었지만 서로에게 시선조차 주지 않았다.

특히 옥빙화는 눈이 퉁퉁 붓고 눈물이 번졌는데 막 울었던 듯했다.

총운과 귀령의 눈이 허공에서 교차했다. 귀령은 이를 의식하고 곧 그에게 접근했다.

"오랜만이군. 백령기."

"더러운 거지 놈이 무슨 볼일이지?"

총운이 냉소를 흘렸다.

십대존자 내에서 귀령은 철저히 혼자였다.

개방에 있었기 때문에 다들 거지라고 부르며 무시하고 경멸했다.

"큰 공을 세웠다고 하기에 축하해 주려고 왔지."

"네깟 놈의 축하는 필요 없다. 크크큭."

"쳇, 네 녀석의 성질머리는 해를 갈수록 형편없어지는군."

귀령은 술을 들이켠 뒤 과일을 옥빙화에게 내밀었다.

"먹어."

"……."

하지만 옥빙화는 어떠한 대답도 행동도 없었다. 그저 바닥에 시선을 내리깔았을 뿐이었다.

옥빙화를 보는 총운의 심정은 편치 않았다.

그녀는 무려 대라궁에서 이 년을 보냈다.

적진에서 누구도 알아주지 않는 외로운 싸움을 계속해왔던 것이다.

배신한 귀령과 마음이 맞을 리도 없었고 그렇다고 따로 처지를 하소연할 사람도 없었다.

그야말로 감옥생활이 따로 없는 것이다.

옥빙화를 보고 있자니 가슴이 저릿했다.

그녀에게 지금처럼 우울하고 무거운 표정은 어울리지 않았다.

"나도 제갈총운이라는 놈을 과대평가했나 봐. 너한테 당할 정도면 말 다했지."

귀령이 자리를 벗어나며 한마디 했다.

"뭐라고? 거지새끼야 한 번 더 말해봐."

총운은 언성을 높이고 음식접시를 그에게 던졌다. 귀령은 돌아서서 권으로 이를 간단히 부셨다.

쨍그랑.

접시가 깨지면서 연회장의 시선이 두 사람에게 몰렸다.

총운은 흉흉한 눈빛으로 귀령을 노려보았다. 반면 귀령은 여유로운 표정으로 팔짱을 꼈다.

두 사람이 시비가 붙으면서 연회장의 분위기가 급속도로 냉각됐다.

"다시 한 번 말해 봐라. 거지새끼야."

"원한다면 몇 번이고 말해주지. 너한테 당할 정도로 제갈 총운이란 놈이 형편없다고."

두 사람은 한 치도 의견을 굽히지 않았다.

"그럼 간단하군. 내가 너를 꺾으면 너도 형편없는 놈이 될 테지. 아닌가?"

총운은 사악하게 웃으며 공력을 끌어올렸다. 이에 몸 주변에서 새까만 기운이 일렁거렸다.

"뭘 모르는군. 넌 네 상대가 안 된다."

"미천한 거지 놈이 입만 살았구나."

총운은 마령신법을 밟으며 거리를 좁혔다.

지근거리에 접근한 그는 맹렬한 기세로 주먹을 뻗었다.

백령기가 가장 즐겨 쓰는 흑풍철권(黑風鐵拳)을 꺼내든 것이다.

휘이이이이이익.

주먹이 여덟 개로 분열하여 허공을 장악했다. 하지만 이를 대하는 귀령의 표정은 담담했다.

그는 양팔을 십자로 교차하여 공격을 모두 받아냈다.

군더더기가 없는 그야말로 깔끔한 방어였다.

"이 정도밖에 못하는 건가?"

"웃기지 마라. 단번에 죽이면 여기 있는 사람들이 얼마나 실망하겠어."

총운은 주변 사람을 훑어본 뒤 다시 공격을 준비했다.

그때였다.

날카로운 인상을 한 육척 장신이 두 사람 사이에 껴들었다.

십대존자에 일이 위를 다투는 파천검 사령천이 등장한 것이다.

그가 뿜어내는 위압감에 두 사람 모두 움직임을 멈췄다.

사령천은 두 사람을 번갈아 훑으며 운을 뗐다.

"이 좋은 날에 싸울 셈인가?"

"형님, 저 녀석이 먼저 저를 도발했습니다."

총운이 억울하다는 듯 말을 꺼냈다.

사령천은 마교 출신으로 백령기와 매우 가까운 사이였다. 군이 편을 든다면 자신을 지지할 것이다.

"사실인가? 귀령."

"그렇게 느낄 만한 부분은 있었습니다."

귀령은 의외로 자신의 잘못을 시인했다.

"다 같은 십대존자라고 해도 엄연히 서열은 존재한다. 이를 함부로 넘어섰다간 가만히 있지 않을 것이야."

"…명심하겠습니다."

"그만 가보 거라."

사령천의 손짓에 귀령이 물러났다.

귀령과 총운이 떨어지면서 연회장의 분위기가 풀렸다. 사람들은 시선을 거두고 각자의 자리로 돌아갔다.

"네 이야기는 들었다. 제갈총운을 죽였다고 하던데."

사령천이 환하게 웃으며 말했다.

"흑목노인을 죽이고 방심하고 있더군요. 단칼에 목을 베었습니다."

"잘했다. 네 장점은 상대를 끈질기게 붙잡고 늘어진다는 거지. 그게 이번에 빛을 발한 게야."

"형님의 칭찬이 왜 이렇게 어색한지 모르겠습니다."

총운은 뒷머리를 긁적였다.

본래 사령천은 과묵한 사내였다. 친하다고 해도 감정표현은 잘하지 않는 편이었다.

총운은 반 시진 정도 그와 대화를 주고받았다.

입을 연 것은 주로 총운이었는데 대부분이 선상에서의 무용담이었다.

밤이 깊어가면서 연회장의 분위기도 식어갔다. 거나하게 취해서 하나둘 숙소로 복귀한 것이다.

방에 남은 사람은 처음 인원의 이 할 수준이었다.

그것도 돌아갈 수 없을 만큼 만취한 사람이 대부분이었다.

총운은 혈호련과 함께 숙소로 복귀했다.

하늘에는 새파란 초승달이 걸렸고 쌀쌀한 바람이 장포를 흔들었다.

'일단은 계획대로군.'

총운은 작게 고개를 끄덕였다.

그는 일부러 귀령과 시비를 붙었다.

자신의 존재감을 확실히 각인시키기 위함이었다.

말싸움으로 끝낼 것을 무공 싸움으로 몰고 간 것도 같은 이유였다.

나는 너희가 아는 백령기다.

더러운 성격도 무공도 예전과 똑같다. 날 의심할 필요는 없다.

이런 식의 선전포고를 한 셈이었다.

도중에 사령천이 끼어든 것도 유용했다. 덕분에 자연스럽게 대화를 나눌 수 있었고 자신을 의심할 여지도 남기지 않았다.

'일단 한고비 넘은 건가?'

총운은 나란히 걷는 혈호련을 응시했다.

숙소가 정반대 방향임에도 그와 나란히 걷고 있었다.

그녀가 원하는 것이 무엇인지 총운은 잘 알았다. 그에 대한 충고도 이미 백령기에게 받았다.

생각하면 걷는 사이 숙소에 도착했다.

두 사람은 눈짓을 주고받은 뒤 함께 침대에 누웠다.

*　　　*　　　*

대라궁에 입성한 지도 칠 일 가까이 지났다.

총운의 하루는 무척이나 바빴다.

백령기의 평소 업무를 처리함과 동시에 정파인들을 위한 정보도 빼내야 했다. 두 가지 일에 치이다 보니 혼이 빠질 정도였다.

백령기는 권을 사용하지만 승마와 대도 역시 귀신같다고 했다.

그래서 신교내의 직책이 혈풍철갑대(血風鐵甲隊)의 대장이었다.

혈풍철갑대원들은 말을 탄 채 대도를 휘두르는 선봉부대와 같았다.

그 수는 비록 이백뿐이었지만 모두 뛰어난 무위를 갖춘 정예였다.

이들을 보는 총운의 마음이 편할 리는 없었다.

'이런 병력들이 숨어 있었다니. 신교도 밑천을 다 보여준 것은 아니었군.'

총운은 작게 고개를 끄덕였다.

철갑대원들을 보고 있는데 부총관인 혈마단이 접근했다. 그는 오늘 수련은 어떻게 해야 하는지 물었다.

"낙마한 상황을 가정하고 지상에서 싸운다."

"네?"

혈마단이 얼빠진 소리를 내며 물었다.

평소의 백령기는 낙마상황을 가정하지 않았다. 말에서 떨어지는 것은 곧 죽음이니 절대 떨어질 일을 만들지 말라 하였다.

'가능하면 나도 가르치고 싶다고.'

총운은 속내를 감춘 채 말을 이었다.

"내가 즐겨 쓰는 신법을 가르칠 테니 당분간은 이를 배우도록."

충운은 한마디로 잘랐다.

그리고 대원들을 모아놓고 마령신법의 심결을 설명하고 몸소 시범도 보였다.

대라궁을 벗어날 때까지는 신법으로 교육을 때울 생각이었다.

백령기의 업무는 그밖에도 여러 가지가 있었다.

포상으로 받은 서안지방을 관리하는 것, 하루에 한 번씩 십대존자의 회의에 참석하는 것 등등이었다.

'본분을 잊으면 곤란하지.'

충운은 일을 처리하면서 대라궁에 대한 파악도 잊지 않았다.

틈이 날 때면 대라궁을 돌아보고 병력을 파악하려 했다.

대라궁에는 신교 전체 병력의 칠 할이 몰려 있었다.

그 수를 모두 따지면 삼천에 가까웠다.

개중에 조심해야 할 것은 혈풍철갑대, 혈뇌신궁대, 홍염광마대, 흑천금룡대등이 있었다.

개중에서 가장 두려운 것은 물론 흑천금룡대(黑天金龍隊)였다.

그들은 흑천운을 보좌하는 백 인의 고수로 무위가 상상을 초월했다.

한 번에 덤빈다면 충운조차 감당하기 힘들었다.

‘정면승부를 하면 이기지 못하겠어.’

총운은 작게 고개를 끄덕였다.

신교가 숨겨놓은 힘은 생각보다 막강했다.

이를 알지 못했다면 중원의 암흑은 더욱 길어졌을 것이다.

터벅터벅.

총운은 주변을 살피며 혈륜각으로 향했다.

혈륜각에 인물들은 대부분 혈교 출신으로 혈호련이 수장을 맡고 있었다.

또한 총운이 유일하게 가보지 못한 장소이기도 했다.

“존자를 뵙습니다.”

문지기 두 명이 무릎을 꿇었다. 그리고 그중 한 명이 서둘러 안으로 들어갔다. 반각 정도 기다리자 혈호련이 웃으며 그를 맞았다.

“웬일이야? 이런 시간에 날 찾고.”

“교육이 끝나니 갈 때가 여기밖에 없더군.”

“탁월한 선택이야.”

혈호련이 웃으며 그의 곁에 붙었다.

두 사람은 복도를 따라 걸었다.

복도 끝에는 지하실로 향하는 층계가 있었다.

층계에서 뿜어지는 사이한 기운에 총운은 절로 미간을 찌푸렸다.

“여긴 뭐하는 곳이지?”

“따라와 보면 알아.”

혈호련이 앞장섰다.

‘왠지 불길한데?’

총운은 몸을 곧추 세우고 긴장감을 깨웠다.

습한 공기 속에서 피 비린내가 느껴졌다.

혹시 그녀가 정체를 눈치챈 걸까. 불연 듯 심장이 쿵쾅거리기 시작했다.

이윽고 두 사람 앞에 커다란 공터가 나타났다.

공터의 양 옆에는 관들이 주루룩 늘어섰다.

그 수는 대략 백 개가량 되었으며 뚜껑이 모두 열린 상태였다.

“…설마 수라 혈강시?”

총운은 자신도 모르게 얼빠진 소리를 냈다.

관을 지나다가 안에 있는 강시를 확인한 것이다. 강시들의 생김새는 확실히 낯이 익었다.

“맞아. 후후, 바로 오늘 정오에 수라혈강시 백 구를 완성했지.”

혈호련이 콧대를 높이며 말했다.

그녀는 출세 욕심이 많은 여성이었다.

수라혈강시를 대량으로 제작한 건 교주의 관심을 끌기 위해서였다.

혈호련은 십대존자 중 유일한 여성이자 혈교인이었다.

이번 계획을 통해 혈교의 우수성을 보여주려 한 것이다.

"대단하군."

총운이 고개를 끄덕였다.

겉으로는 그녀를 치하하는 듯했지만 속내는 까맣게 타들어갔다.

'수라혈강시라니……'

수라혈강시의 위력은 이미 잘 알고 있는 그였다.

이들을 처리하려면 정파인들은 또 무수히 많은 피를 흘려야 했다.

"자기는 제갈총운을 죽였고 나는 수라혈강시를 만들었지. 우리 둘이 힘을 합치면 십대존자 최고의 자리를 차지할 수도 있어."

"물론. 나도 그날을 기대한다."

총운은 끈적한 미소를 지으며 그녀를 품에 안았다.

혈호련은 싫지 않은 듯 그의 허리에 손을 둘렀다.

"그런데 예전부터 궁금하게 있었어. 수라혈강시는 대체 어떻게 조종하는 거지?"

"갑자기 그건 왜?"

혈효련의 눈이 살짝 가늘어졌다. 그러나 총운은 웃으며 대수롭지 않게 말을 이었다.

"혈호련의 남자가 그 정도는 알아야지."

"흐응, 제법 말 잘하는데."

그녀가 배시시 웃으며 수라혈강시에 대해 설명했다.

혈호련의 설명에 따르면 수라혈강시를 조종하기 위해선 두 단계를 거쳐야 했다.

첫째로 수라혈강시의 핵에 시술자의 피를 묻혀야 한다.

강시의 핵은 왼쪽 가슴에 있으며 크기는 엄지손톱만하다.

또한 자체적으로 피를 흡수하는 기능이 있었다.

둘째로는 심법으로 강시와 시술자의 정신을 잇는 것이 필요했다.

이때 필요한 것이 바로 심법이 아수라대천심법(阿修羅大天心法)이었다.

심법 자체는 간단했지만 심오한 공력이 필요하며 또한 정신력의 소모가 컸다.

수십 구의 강시를 움직이는 것은 보통 일이 아니었다.

혈호련 역시 총력으로 다룰 수 있는 건 삼십여 구뿐이었다.

"그 심법 내게 알려줄 수 있어?"

"뭐야? 이젠 내 자리까지 넘보려고?"

혈호련의 안색이 확 바뀌었다.

두 사람의 관계가 깊다고는 해도 심법은 쉽게 가르쳐 줄 만한 것이 아니었다.

그녀가 섭대존자에 오를 수 있는 것도 어찌 보면 심법 때문이었다.

"생각해봐. 내가 익힌다고 강시가 움직이겠어?"

총운은 피식 웃으며 그녀의 어깨를 짚었다.

그의 표정은 평소와 달리 무척 부드러웠다.

"굳이 알려주지 않아도 상관없어. 하지만."

총운이 뜸을 들인 뒤 말을 이었다.

"사실 구실을 만들고 싶었을 뿐이야. 당신을 자주 찾을 수 있게."

혈효련이 그의 진위를 파악하기 위해 눈을 좁혔다.

"진심이야?"

"교주님을 두고 맹세하지."

총운의 말에 혈호련이 이내 피식 웃음을 터뜨렸다.

"그렇게까지 말하니 안 넘어갈 수가 없네."

"그럼 지금부터 시작해 보자고."

총운은 그녀를 벽에 몰아붙이고 몸을 더듬기 시작했다.

원하는 것을 얻기 위해선 때로 원치 않는 일도 해야 한다. 그는 그러한 이치를 잘 알았다.

강시들이 퍼렇게 눈을 뜬 가운데 두 사람의 몸이 녹아들었다.

　　　　　*　　　　*　　　　*

그날 저녁.

총운은 집무실에서 업무를 보고 있었다.

탁자 위에는 잘 정리된 한 묶음의 서찰이 놓였다.

서찰에는 대라궁의 지리와 병력수, 그리고 회의 결과 등이 요약되어 있었다.

"드디어 내일이구나."

총운은 붓을 내려놓고 기지개를 폈다.

내일은 임시 총타 인원과 접선을 하는 날이었다.

장소는 시안(西安)시에 인근한 야산으로 감찰을 핑계로 잠시 들를 생각이었다.

총운이 자리를 비운 사이 임시 총타의 인원들은 각개약진했다.

암월관 같은 요새를 건드리진 않았지만 크고 작은 곳에서 동에 번쩍 서에 번쩍했다.

사백에 거지들이 중원 곳곳에 퍼졌고 이들이 보낸 전서구가 그들의 눈과 같은 역할을 했다.

신교인들이 이들을 진압하려해도 때는 항상 한발 늦고 말았다.

최근 교주와 십대존자의 회의에서도 이러한 습격이 안건에 올랐다.

"더 이상 거지와 명월관을 좌시해선 안 됩니다."

백혈방이 합장을 하며 말했다.

"하남과 호북, 사천지방의 피해가 극심합니다. 마을에 쳐들어와선 신교인들만 죽이고 사라집니다."

"저도 동감입니다. 주민들마저 동요하고 있습니다."

만혼제(萬魂帝)역시 그의 의견에 동의했다.

그가 관리하는 몇몇 곳에선 아예 세금을 내지 않는 주민들도 나타나고 있었다.

만약 이것이 더욱 번진다면 신교에게도 큰 타격이 갈 것이다.

"아무래도 놈들이 작전을 바꾼 것 같습니다."

귀령이 나섰다.

"구심점이 사라져서 뿔뿔이 흩어진 모양입니다. 어찌 보면 명월관을 차지했을 때보다 더 큰 문제일 수도 있습니다."

"파리같은 놈들이 알짱대는 꼴이란."

흑천운이 미간을 찌푸리며 한마디 했다.

그의 말에 회의장의 분위기가 싸늘해졌다.

교주가 감정을 드러내는 일이 좀처럼 없었기 때문이었다.

무거운 침묵을 깬 것은 의외로 총운이었다.

“제갈총운이 죽어서 분위기를 반전시키려는 게 아닐까 싶습니다.”

총운의 말에 모두의 시선이 몰렸다.

그의 말은 일연 타당하게도 들렸다. 정파인들에게 총운이란 신교의 교주와도 같은 무게를 지녔다.

“하지만 파상공세는 분명한 한계가 있습니다. 제 풀에 지치는 건 오히려 저쪽이 되겠지요.”

“그래서?”

흑천운이 눈썹이 꿈틀거렸다. 회의 중 처음으로 관심을 드러낸 것이다.

“정파의 벌레들은 필시 인원을 채우려고 하는 걸 겁니다.”

총운의 설명이 이어졌다.

그는 정파의 숨은 의도를 병력 보충으로 보았다.

도시 몇 군데를 뒤집는다고 해서 무너질 신교가 아니었기 때문이다.

자잘한 타격을 입힌다고 해도 그들이 풍전등화라는 사실은 변하지 않았다.

결국 그들은 각지의 정파인들과 주민을 모아 신교를 치려 할 것이다.

총운은 그 증거로 정파인들이 습격한 곳의 인구수를 조사해보자고 제안했다.

“그리고 한 가지 더 중요한 사실이 있습니다.”

그는 간부들과 눈을 맞추며 말을 이었다.

“당장 시급한 것은 녀석들의 본거지를 찾는 것입니다.”

“본거지?”

사령천이 놀라 되물었다.

“병력을 모으는 것이 목적이니 이들을 수용할 장소도 필요하지 않겠습니까?”

“앞에 전제가 맞다면 당연한 일이죠.”

혈호련이 껴들었다.

“이 본거지가 커지기 전에 섬멸해야 합니다. 정파의 벌레들에게 최후의 일격을 가하는 겁니다.”

총운의 말은 파급이 컸다.

교주를 비롯해 다른 존자들마저 잠시 말을 잃었다.

“네 말이 타당하지 확인부터 해보지.”

흑천운이 검지로 백혈방과 만혼제, 그리고 사일해를 가리켰다.

그리고 정파인이 습격한 곳의 인원수를 확인해 보라는 명령을 내렸다.

“제갈총운을 죽이더니 물이 올랐나보군.”

“황송한 말씀입니다.”

“그럼 오늘 회의는 여기서 마치도록 한다.”

흑천운의 끝맺음과 함께 긴 회의도 끝이 났다.

'일단 여론 몰이는 성공한 셈이지.'

총운은 회의 때를 생각하곤 만족스러운 미소를 지었다. 그가 회의 때 한 발언은 신교도를 쳐부술 사전작업과도 같았다.

정파의 계획이 성공하려면 대라궁의 병력이 대거 임시 총타로 몰려야 했다.

그는 창가에 서서 대라궁을 내려다보았다.

자정이 지났음에도 궁은 곳곳이 별처럼 밝았다.

신교의 성전은 밤에도 빛이 꺼지지 않아 만광궁(萬光宮)이라 불리기도 했다.

위장은 아직까지는 순조로웠고 임시 총타의 인원들도 잘해주고 있었다.

신교의 최후가 벌써 손에 잡히는 듯도 했다.

"그럼 슬슬 다음 작업에 들어가 볼까?"

총운은 피식 웃으며 공력을 끌어올렸다.

그의 몸에선 청정한 진기도 아닌, 그렇다고 마기(魔氣)도 아닌 기묘한 기운이 피어올랐다.

그것은 마치 피처럼 붉은 실처럼 보였다.

우우우우웅.

기묘한 진동음과 함께 서른 개의 적구슬이 허공에 떠올랐다.

이윽고 구슬들이 벌처럼 춤을 추기 시작했다.

하지만 구슬들이 요란스럽게 움직여도 결코 충돌하는 법은 없었다.

또한 움직이는 구슬들의 수도 하나둘 추가되기 시작했다.

총운은 수련은 그렇게 밤새 계속되었다.

*   *   *

하늘이 캄캄했다.

동쪽에서부터 몰려온 먹구름이 하늘을 뒤덮었다. 바람이 거칠고 쌀쌀맞아 수풀과 꽃들이 줄지어 누웠다.

총운은 오십의 혈갑기마대를 이끌고 대라궁을 나왔다.

오늘은 그가 얻은 서안 땅을 시찰하는 날이었다.

"하필이면 날씨가."

혈마단이 혀를 찼다.

그들의 목적지는 서안지방 초입부에 있는 제령(濟領)시였다.

왕복만 해도 오 일은 너끈하게 걸렸다. 비가 온다면 여정 전체가 피곤해지리라.

하지만 총운의 생각은 그와 정반대였다.

그는 오히려 비가 펑펑 쏟아지기를 기대했다.

‘뭐, 시찰 따위는 명분이니까 말이야.’

그가 대라궁을 나온 것은 임시 총타의 접선책을 보기 위함이었다.

서안 땅을 밟겠다는 건 구실에 불과했다.

“가자.”

총운은 외침과 함께 기마대가 다시 출발했다.

말발굽 소리가 사방으로 진동하며 기마대 뒤로 뿌연 흙 폭풍이 일어났다.

누군가 이를 본다면 기겁을 하고 말 것이다.

한 시진 가까이 달리자 섬서와 서안의 경계점에 도착했다. 이를 나누고 있는 것은 천도산(天道山)이라는 작은 산줄기였다.

“간단하게 주위 좀 돌고 오지.”

총운은 혈마단에게 한 마디하고 산을 올랐다.

그들의 접선 장소는 산 중턱의 청일봉이었다.

청일봉에 도착하니 푸른 잔디들이 바람에 우수수 누웠다. 더불어 장포 역시 미친 듯이 휘날리기 시작했다.

“혹시 문제라도 생긴 건가?”

총운은 주변을 둘러보며 고개를 갸웃했다.

접선책의 그림자조차 보이지 않았다. 혹시 오는 길에 문제라도 생긴 게 아닐까.

그는 살구나무 아래에 등을 기댔다.

순간 나무 위에서 묘한 기감이 느껴졌다.

호흡과 진기를 숨겼지만 총운의 감각을 피할 순 없었다.

휘이이이이익.

무언가가 총운의 머리를 향해 날아들었다.

그는 금나수의 수법으로 간단하게 물체를 낚았다.

"살구?"

손에 잡힌 것은 잘 익힌 살구 열매였다. 총운은 입가에 웃음을 띠며 입을 열었다.

"나무에 숨은 게 살수가 아니라 살구였군요."

"암, 그렇지."

맑은 목소리가 나무 위에서 퍼졌다.

"이 나무는 착한 사람에게 살구를 준다고 해."

"그거 기특한 나무군요."

"그렇지?"

목소리에 웃음기가 서렸다.

나무 위에 숨어 있던 건 성좌노인이었다.

신교인의 경계를 피하기 위해 이틀 전부터 이곳에 잠복했다.

그는 땅으로 내려온 뒤 총운을 응시했다.

얼굴과 체형은 그야말로 백령기였으며 몸에서 은근하게

악기(惡氣)도 어렸다.

변장한 사실을 알지 못했다면 총운을 알아보지 못했을 것
이다.

"어때? 대라궁은 좀 살 만한가?"

"아직까지는 문제없습니다."

"그나저나 자네에 관한 소문은 들었나?"

성좌노인이 피식 웃으며 말을 이었다.

그의 설명에 따르면 신교는 총운의 죽음을 중원 전체에 퍼
뜨렸다.

정파인들과 저항군의 사기를 꺾으려는 속셈인 것이다.

"물론 우리야 신교 놈들이 헛소문을 퍼뜨린다고 맞불을 놨
지만 말이야."

"양쪽 다 틀린 말은 아닌데요?"

총운은 피식 웃으며 성좌노인에게 서첩을 건넸다.

심혈을 기울여 작성한 대라궁에 관한 보고서였다.

성좌노인은 곧바로 이를 쭈욱 읽어내려 갔다. 표정이 점차
돌처럼 딱딱해졌다.

"신교 놈들이 왜 대라궁. 대라궁 거리는지 알 것도 같군."

"네, 정면 승부를 한다면 절대로 이길 수 없는 병력입니
다."

총운 역시 공감했다.

그간 몸집을 불려왔던 건 정파만이 아니었다.

일흑신교 역시 정파 몰래 각종 부대와 실력자들을 양산하고 있었다.

거기에 백 구의 수라혈강시까지 포함됐으니 지옥이 아닐 수 없었다.

"임시 총타의 상황은 어떻습니까?"

"일단 좋은 소식부터 전하지. 땅굴이 대라궁 근처까지 닿았어."

성좌노인이 담담하게 답했다.

총타에서 진행되는 가장 큰 업무는 굴을 파는 것이었다. 화산을 관통하는 땅굴이 바로 무림의 미래를 보장하는 길이었다.

"굴은 적화원(赤花原)에서 끝내는 게 좋습니다."

총운은 검지로 지도에 한곳을 가리켰다.

적화원이란 대라궁 북쪽 편에 있는 정원이었다.

이곳을 마음대로 출입할 수 있는 인원은 채 백 명도 되지 않았다.

여기선 굴의 입구가 들어난다고 해도 위험이 적었다.

화단을 위해 파헤친 것으로 생각할 확률이 높은 탓이었다.

"그럼 이번엔 나쁜 소식을 전해야겠어."

성좌노인인 한숨을 쉬며 말했다.

임시 총타는 총체적인 난국에 빠져 있었다.

첫째는 식량 문제였다.

화산이 크기는 했지만 천여 명 가까운 인원들을 먹여 살리는 데는 한계가 있었다.

신교를 습격하며 식량을 챙기곤 있지만 그걸로는 역부족이었다.

현재 임시 총타의 인원은 하루에 한 끼를 간신히 연명했다.

두 번째는 개방도들의 사기 문제였다.

총운이 죽었다는 신교의 발표를 믿는 거지들이 의외로 많았다.

공덕구를 비롯해 간부들이 아무리 설명을 해도 소용이 없었다.

"백로관님이 계시면 얼굴을 뵙게 해주세요. 아니라면 왜 못합니까?"

몇몇 거지가 따지고 들면 그들도 할 말이 없었다.

총운이 백령기로 위장해서 대라궁에 있다. 이런 구체적인 설명을 할 수는 없기 때문이다.

소문이 퍼지면서 개방도들이 조금씩 분열의 기미를 보였다.

"의외로 문제가 심각하군요."

총운이 한숨을 쉬며 말했다.

변장한 것이 어느 정도 악영향이 될 줄은 알았다. 하지만 그 시기와 강도는 예측을 훌쩍 뛰어넘었다.

두 사람은 잠시 침묵을 지켰다.

"신교에선 아직 임시 총타의 존재를 모르나?"

성좌노인이 운을 뗐다.

"네, 그래서 제가 대충 바람을 잡아놨습니다."

"굴은 거의 다 팠어. 그러니까 이젠 신교에게 위치를 찔러줘야 해."

"동감합니다."

총운이 작게 고개를 끄덕였다.

내부의 문제를 해결하는 가장 큰 방안은 외부의 적을 만드는 것이었다.

"거기에 대한 계책은 이미 우리가 짰네."

성좌노인이 총운을 응시했다.

"이 계책이라면 적어도 칠 일 안에 신교가 임시 총타를 치게 될 거야."

"그것이 무엇입니까?"

"미안하지만 자네에겐 알려줄 수 없어."

성좌노인의 표정은 단호했다. 꽉 다문 입술은 그의 의지와 고집을 보여주었다.

"제게도 알 권리가 있지 않습니까?"

“자네가 알면 계획이 수포로 돌아갈 거야. 그래서 알려줄 수 없네.”

총운과 성좌노인의 시선이 허공에서 부딪쳤다. 두 사람은 한참 동안 기세 싸움을 벌였다.

“알겠습니다. 어르신의 뜻을 따르죠.”

총운은 시선을 거두고 한숨을 쉬었다.

정파인 수뇌부들은 모두 그의 믿음직스런 동료였다. 이들을 믿지 않는다면 아무것도 할 수 없었다.

“대라궁에서 임시 총타까지 오는 데 걸리는 시간은 네 시진이네. 하지만 우리가 굴을 타고 가면 한 시진이면 가능하지.”

성좌노인이 말을 이었다.

“우리는 대라궁의 병력이 떠나고 정확히 세 시진 뒤에 출발하겠네.”

“알겠습니다.”

“그날에 다시 만나도록 하지. 부디 그때까지 무사해야 하네.”

총운과 성좌노인의 대화는 그렇게 끝이 났다.

그는 착잡한 기분을 안고 산을 내려왔다.

때마침 하늘에서 하나둘 빗방울이 떨어지기 시작했다. 성좌노인이 말한 계획이란 도대체 무엇일까.

그 생각이 계속해서 머리를 떠나질 않았다.

"존자님, 비가 오는 데 어떻게 하시겠습니까?"

"궁으로 돌아간다."

총운은 말에 오른 뒤 궁으로 복귀했다.

시원스레 내리는 빗줄기도 심란한 마음을 씻어주지는 못
했다.

第八章
살신성인（殺身成仁）

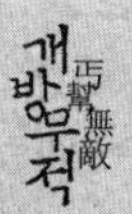

타다다다닥.

빗방울이 창가에 부딪쳤다.

하늘엔 잿빛 구름이 가득했으며 신교의 상징인 천흑기(千
黑旗)도 정신없이 흔들렸다.

귀령은 집무실 창가에 서 있었다.

그의 마음은 바깥 날씨처럼 심란하고 탁했다.

"그럴 리가 없어. 결코."

귀령은 혼잣말을 하며 고개를 저었다.

그는 아직도 제갈총운이 죽었다는 것을 믿지 않았다.

　귀령은 총운의 곁에서 일 년 넘게 수행관을 맡았다. 그의 총명함과 대담함, 그리고 위기관리 능력은 따라올 자가 없었다.

　"그런 놈이 고작 백령기 따위에게 죽었다고?"

　귀령은 자신도 모르게 두 주먹을 불끈 쥐었다.

　총운은 고작 백령기 따위에게 죽을 인물이 아니었다.

　백령기의 무공은 자신보다 아래였다.

　뿐만 아니라 사리판단이나 상황을 관망하는 능력 역시 모자랐다.

　총운이 범이라면 백령기는 고작 야생 늑대에 불과했다.

　싸운다고 해도 결코 상대가 될 수 없었다.

　"어디서 무엇이 잘못된 걸까?"

　귀령이 중얼거리며 턱을 쓸어내렸다.

　백령기의 말은 언뜻 의심할 여지가 없었다.

　흑목노인이 교주로 위장한 상황.

　총운은 그를 교주라 착각하고 목숨을 끊은 뒤 방심했다. 이에 백령기가 몰래 그를 기습했다.

　상황을 생각하면 충분히 있을 법한 일이었다.

　중원은 살얼음판과 같은 곳이었다.

　제아무리 고수라도 방심한다면 단번에 저승으로 간다. 하지만 귀령은 한 가지 의문점을 버릴 수 없었다.

총운이 과연 자신이 죽인 자가 흑목노인임을 몰랐을까 하는 것이다.

흑목노인과 교주의 무공수위는 하늘과 땅만 한 간격이 있었다.

영리한 총운이 그 간경을 알아채지 못할 리가 없었다. 싸워본다면 필시 그가 교주가 아님을 간파할 터.

귀령의 눈이 가늘어졌다.

그는 한 가지를 가정해 보았다.

제갈총운이 백령기로 위장해 대라궁에 왔다고 말이다.

총운이라는 인간을 생각하면 그런 간 큰 짓을 하고도 남았다.

"그런데 위장이 아닌 것 같다라……."

귀령의 미간이 지렁이처럼 꿈틀거렸다.

대라궁에 복귀한 백령기는 평소와 다를 바가 없었다.

교주를 비롯해 십대존자를 대하는 것도 변함이 없었다. 무엇보다 무공 수준도 이전과 똑 같았다.

자신과 시비가 붙었을 때 보였던 권법과 신법.

그것은 누구도 부정할 수 없는 백령기의 것이었다.

귀령은 지푸라기를 잡는 심정으로 혈호련을 찾아가기도 했다.

그녀와 백령기가 깊은 관계라는 것은 모두가 알고 있는 사실이었다.

　"예전이랑 변한 게 없냐고?"

혈호련은 고개를 갸웃하며 오히려 되물었다.

　"그런 걸 왜 묻지?"

　"그냥 궁금해서이다."

혈호련의 눈이 좁아졌다. 귀령이 단순히 궁금해서 이런 질
문을 던질 리가 없었다.

　"흥, 그냥 궁금해서라고? 여자의 직감을 무시하면 곤란해.
네가 입을 열지 않으면 나도 입 다물고 있을 거야."

과연 혈교의 불여우다운 태도였다.

귀령은 결국 백령기의 정체를 의심하고 있다는 말을 꺼냈
다.

　"너, 우리 자기한테 피해망상이라도 있는 거야?"

혈호련은 귀령을 보며 깔깔 웃었다. 그녀의 웃음에는 차가
운 조롱이 서렸다.

　"변한 건 없어. 잠자리에서도 여전하다고."

　"하나라도 이상한 점이 없나?"

　"글쎄, 심법 하나를 가르쳐 달라고 한 것밖에 없어."

귀령은 한동안 말없이 혈호련을 응시했다.

혹시 그녀도 백령기와 한통속이 아닌가 싶었던 것이다. 하

지만 의심을 너무 멀리 뻗었음을 그도 알았다.

결국 귀령은 아무런 소득 없이 복귀했다.

"분명히 뭔가가 있을 텐데……."

그는 창가를 보며 미간을 찌푸렸다.

교주는 물론 십대존자 누구도 백령기를 의심하지 않았다. 오로지 귀령만이 그 끈을 꽉 붙들고 있었다.

신교인 중에서 제갈총운을 가장 잘 아는 건 오직 그뿐이었으니까.

"조만간 답이 나오겠지."

귀령은 작게 고개를 끄덕였다.

그는 이틀 전에 몇몇 수하를 서안에 보냈다.

흑목노인과 백령기 일행이 탔던 범선과 선원들을 조사하기 위함이었다.

이것들을 조사해 보면 분명 총운이 부린 술수를 이해할 수 있으리라.

"제갈총운을 죽이는 건 나다."

귀령의 중얼거림이 메아리처럼 방을 울렸다.

*　　　*　　　*

흑목노인과 접선한 지도 삼 일이 지났다.

총운의 일상은 예전과 변함이 없었다.

혈갑기마대를 교육하고 틈틈이 아수라대천심법을 익혔다. 날은 평온했지만 그럴수록 오히려 가슴이 무거웠다.

성좌노인이 말한 계획이란 것이 계속 마음에 걸렸다.

과연 그들은 어떤 식으로 신교인을 유인하려고 하는 것일까.

오전 교육을 끝낸 총운은 적화원을 향했다.

며칠 전까지 비가 내려서 그런지 땅이 촉촉했다. 바람에도 아직 습한 기운이 남았다.

그는 뒷짐을 진 채로 적화원을 크게 돌았다.

적화원은 보통 도시의 광장 정도로 커다랬다.

제철 꽃과 나무는 물론 잘 정리한 담과 울타리, 조각품 등을 한 자리에서 볼 수 있었다.

그가 멈춰선 곳은 노란 유채꽃이 흐드러지게 핀 북쪽 이었다.

"드디어 이어졌구나."

총운은 자신도 모르게 신음을 뱉었다.

담 벽 아래로 작은 구멍이 나 있었다.

언뜻 보면 흙을 엎어 개간을 준비하는 듯도 보였다. 하지만 손을 넣어보니 그 깊이가 상당했다.

두말할 필요도 없이 개방도가 판 땅굴이었다.

총운은 감회에 젖어 굴을 응시했다.

화산에서 시작해서 대라궁까지 이어진 땅굴.

이를 파기 위해 무려 팔백의 거지가 동원됐다. 또한 한 달 이상 피 땀을 흘리며 중노동을 했다.

굴에는 그야말로 거지들의 애환이 녹아 있었다.

'그래, 이제 곧 희망이 찾아올 거야.'

총운은 믿어 의심치 않았다.

일혹신교가 한 줌 재가 될 날도 멀지 않았다고.

굴을 발견하고 마음의 짐을 하나 덜었다. 총운은 숙소로 돌아가기 위해 정원의 출구로 향했다.

'아니, 그녀는……'

총운의 눈에 한 여성이 눈에 띄었다.

여성은 고운 장포를 입었는데 윤기 나는 머리가 바람에 하늘거렸다.

근심이 어렸는지 얼굴이 딱딱했지만 그마저도 미모를 가리지 못했다.

여성의 정체는 바로 옥빙화였다.

그녀를 보는 순간 가슴이 욱신거렸다.

대라궁에 볼모로 잡힌 채 살았던 이 년. 그녀는 얼마나 많은 상처를 받고 아파했을까.

총운은 인기척을 내며 그녀에게 접근했다.

곁에 나란히 섰지만 그녀는 아무런 말도 시선도 주지 않았
다.

오랜 침묵 끝에 옥빙화가 말문을 열었다. 총운을 백령기로
알고 있는 그녀의 눈에는 그를 향한 짙은 분노가 서려 있었
다.

"당신인가요? 총운 공자를 죽인 게?"

"그렇다. 이 손으로 단번에 목을 베었지."

총운은 사악한 미소를 지으며 손을 들어올렸다. 이에 옥빙
화가 한동안 빤히 그를 응시했다.

짜아아아아악.

총운의 볼이 빨갛게 부어올랐다. 옥빙화가 있는 힘껏 볼을
후려쳤던 것이다.

하지만 총운은 알고서도 이를 피하지 않았다. 도리어 그를
때린 옥빙화가 놀라 눈이 커졌다.

설마 그대로 맞고 있을 줄 몰랐던 것이다.

총운은 피식 웃으며 뺨을 쓸어내렸다.

"십대존자에게 함부로 손찌검을 하다니. 간이 부었군."

"어차피 너희는 수틀리면 다 죽이잖아. 나도 죽여."

옥빙화가 언성을 높였다.

"이젠 희망도 한 조각 남지 않았어. 차라리 죽는 게 나아."

"크크크큭. 죽고 싶다고 하니 오히려 죽이기 싫군."

"악랄한 놈!"

그녀가 독기 어린 눈으로 총운을 노려보았다. 하지만 총운은 이를 담담히 받아냈다.

그는 지금 제갈총운이 아니라 백령기였다.

백령기의 입장이 되어서 생각하고 행동해야 했다. 가슴은 아파도 어쩔 수 없는 노릇이었다.

"혹시 그 거지 놈과 추억이라도 있는 건가?"

백령기답지 않은 말임에도 옥빙화는 그것을 눈치채지 못했다.

그녀는 말없이 하늘을 올려다보았다.

"……."

총운은 가슴이 저려 왔지만 비릿한 웃음을 지을 수밖에 없었다.

"그놈과 얽히지 않았다면 편한 인생을 살 수 있었을 텐데."

옥빙화의 얼굴에 복잡한 감정이 어렸다.

"지금 생각하면 확실히 그렇네."

그것이 안타까움인지, 회한인지, 슬픔인지는 알 길이 없었다.

두 사람은 한동안 긴 침묵을 지켰다.

"역시 만나지 않는 편이 좋았을까. 그래도 그 사람을 만나지 않았다면 재미없는 인생을 살았을 거야."

옥화자의 얼굴에 처음으로 미소가 어렸다.

"다시 보고 싶어서 지금까지 질긴 명줄을 붙잡고 있었는데……."

"죽었다는 소식에 실망했겠군."

"그래. 하지만 어쩌면 내가 바보였던 건지 몰라. 우리가 처음 만났을 때 그 사람이 내 목숨을 구해줬거든. 그래서 아직까지 기대하고 있었어. 언젠간 그 사람이 왕자님처럼 날 구해 줄 거라고."

그녀는 총운을 보더니 이내 쓴웃음을 지었다.

'참아야 해.'

총운은 침을 삼키며 뱉고 싶은 말을 눌렀다.

그녀를 보고 있으면 계속 정체를 밝히고 싶은 마음이 들었다.

자신이 총운이라고, 그러니 슬퍼하지 말라고.

그녀의 아픔이 자신의 가슴에 닿는 것을 참기 어려웠다.

그때 구세주처럼 등장한 것이 한 사자(使者)였다.

"존자를 뵙습니다."

사자가 무릎을 꿇으며 포권했다.

"무슨 일이지?"

"교주님께서 급히 회의를 소집하셨습니다."

"회의?"

총운이 놀라서 되물었다.

오전에 총회의를 했는데 다시 회의를 한다는 것이 의외였다.

그의 의문을 읽었는지 사자가 재빨리 말을 이었다.

"호북지방에서 몇몇 개방도를 사로잡았다고 합니다."

사자의 말에 등골이 오싹했다. 그가 가장 원치 않았던 일이 벌어진 것이다.

"가자."

총운은 앞장서서 걷기 시작했다.

눈앞이 캄캄하고 머릿속이 복잡해졌다.

백령기인 그가 사로잡힌 개방도를 구할 방법이 있을까. 현재로썬 도저히 답을 찾을 수 없었다.

회의장에는 교주를 비롯해 십대존자들이 모두 모여 있었다.

"교주님을 뵙습니다."

총운은 무릎을 꿇으며 교주에게 예를 표했다.

이윽고 흑천운이 회의를 진행하기 시작했다.

"대충 들은 사람도 있을 것이다. 호북지방에서 개방거지 삼십을 포획했다."

그는 담담하게 말을 이었다.

신교가 개방도를 붙잡을 수 있었던 한 개방거지의 변절 때문이었다.

그는 일반인인 척하는 거지들을 모두 신고했다.

개중에는 장로급인 육결의 거지도 포함되었다.

'장로라면 혹시?'

총운은 가슴이 철렁 내려앉았다. 개방이 무너진 후 장로직급을 가진 이는 단 한 명뿐이었다.

"거지들을 데려와라."

흑천운의 명령에 신교인들이 바쁘게 움직였다.

잠시 거지 열 명이 회의장에 나타났다.

최초로 포획한 인원은 삼십이었지만 고문을 견디지 못해 육 할이 죽었다.

이들을 보는 총운은 억장이 무너지는 듯했다.

봉두난발을 한데다가 얼굴이 부어서 누가 누구인지 알 수 없었다.

팔과 다리가 기묘하게 꺾인 거지도, 온몸에 인두질을 당한 거지도 있었다.

'…역시 장로님이었단 말인가?'

총운이 시선이 한 인물에게 향했다.

그는 애꾸눈을 한 중년인, 현 개방의 유일한 장로 유철남이었다.

총운은 그를 오래 볼 수가 없어 시선을 피했다.

"너희가 지은 죄를 알고 있나?"

"웃기는 소리 하지 마라! 중원을 어지럽히고 천도를 짓밟은 것은 너희다."

"이놈이 존자님께서 말씀하시는데."

옆에 선 신교인이 유철남의 얼굴을 걷어찼다.

"커억."

각법에 당해 몸이 파도처럼 출렁거렸다. 유철남은 기침을 하며 피를 토해냈다.

"개방의 철학이 의박운천(義薄雲天)이라고 하는데 그 의리도 이제 한물 간 모양이군."

"그게 네가 할 소리냐?"

귀령의 말에 유철남이 이를 악물었다.

그가 아니었다면 무림맹이 그리 허무하게 무너지진 않았을 것이다.

"교주님, 밀고한 거지를 부르겠습니다."

귀령의 말에 교주가 고개를 끄덕였다.

이윽고 턱이 갸름하고 조악한 콧수염을 가진 거지가 등장했다.

거지의 이름은 왕칠명으로 호북분타 출신이었다.

하지만 총운은 처음 보는 인물이었다.

"교주님을 뵙습니다."

거지는 아주 자연스럽게 무릎을 꿇고 포권을 했다.

곁에 있던 거지들은 그를 죽일 듯이 노려보았다.

동료를 팔아넘긴 것도 모자라 교주에게 예를 보이다니.

이는 결코 용서 받을 수 없는 일이었다.

"개방거지와 정파의 벌레들이 무슨 일을 꾸미고 있다는데 그것이 무엇이지?"

"저도 자세한 것은 알지 못합니다. 다만 이 거지 왕초가 하는 말을 엿들은 게 있습니다."

왕칠명이 유철남을 가리키며 말을 이었다.

"개방도 팔백과 명월관의 인물들이 어딘가에 숨었다는 이야기였습니다."

"헛소리를 들은 모양이군. 난 그런 말을 한 적 없다."

"이제 와서 딴 소리냐. 내 귀로 똑똑히 들었다고."

왕칠명이 벌게진 얼굴로 말했다.

"제발 제 말을 믿어주십시오. 이 애꾸 녀석은 거짓말을 하고 있습니다."

"확실한가?"

"어느 안전이라고 거짓을 고하겠습니까?"

왕칠명이 억울하다는 듯 가슴을 두드렸다. 이에 흑천운이 직접 나섰다.

그는 거지들을 훑어보더니 유철남에게 시선을 고정했다.

"네가 알고 있는 것을 털어놓아라."

"미친 소리를 하는 구나. 알고 있다 한들 네놈들에게 그걸 말할 것 같으냐?"

유철남이 흉흉한 안광으로 흑천운을 노려보았다.

하지만 흑천운은 담담한 표정으로 허공에 검지를 내밀었다.

쉬이이이익.

손가락에서 새빨간 실 줄기가 뻗어 나갔다.

그것은 한 거지의 미간을 단번에 관통했다.

혈교의 비전 지공중 하나인 혈룡지(血龍指)를 펼친 것이다.

지공에 당한 거지는 그대로 절명하고 말았다.

'아, 이런.'

총운은 차마 표정 관리를 할 수 없었다.

동료가 곁에서 허무하게 죽고 말았다. 그러나 그가 할 수 있는 것은 아무것도 없었다. 이들을 살릴 수 있는 방법은 진정 없는 것일까.

"네가 아는 것을 말해라."

"그딴 건 없다."

유철남의 대답에 흑천운이 다시 손을 뻗었다.

이번에는 한 번에 두 명의 거지가 목숨을 잃었다. 개방도는 마치 도살당하듯이 죽어나가고 있었다.

“교주님, 일단 옥에 가두는 편이 좋을 것 같습니다.”

총운이 천천히 운을 뗐다.

“제아무리 쇠고집이라 해도 시간 앞에서는 장사가 없습니다. 고문을 하다 보면 언젠가 입을 열 것입니다.”

총운은 일단 개방도들을 살려야 한다고 생각했다.

살아만 있다면 그가 무슨 수를 써서라도 빼돌릴 수 있었다.

총운의 제안에 회의장이 잠시 침묵에 빠졌다.

그가 한 행동은 명백하게 교주의 일에 껴든 것이었다.

“백령기, 죽고 싶은가?”

흑천운이 살기 어린 얼굴로 총운을 응시했다.

천통안이 발휘된 한쪽 눈은 이미 새파랗게 물들었다. 총운은 아차 싶었다.

자신이 결코 나설 자리가 아니었던 것이다.

“…죄송합니다.”

총운은 겁먹은 척하며 고개를 숙였다.

하지만 속내는 이미 새까맣게 타 버렸다.

개방도를 살릴 수 있는 최선의 방책이 무위로 돌아간 것이다.

그사이 흑천운과 유철남의 시선이 다시 부딪쳤다.

두 사람 모두 전혀 뜻을 굽힐 기미가 없었다.

“교주님, 제가 한 말씀 올려도 되겠습니까? 제가 이자의 아들을 붙잡아두었습니다.”

왕칠명이 운을 뗐다.

“사실인가?”

“네, 제가 데려온 열아홉 살 먹은 남아가 있습니다. 사실 그 아이는 제 아이가 아니라 이 애꾸의 아들입니다.”

“네 이놈 설마 철종이를…….”

유철남이 으르렁거렸다.

그는 잡아먹을 것처럼 왕칠명을 노려보았다.

“불러와라.”

이윽고 겁먹은 표정의 소년이 회의장에 들어왔다. 그는 영문도 모른 채 포박당하고 무릎을 꿇었다.

“질문을 조금 바꿔보도록 하지.”

흑천운이 팔짱을 낀 채로 말을 이었다.

“너희가 떼거지로 모인 곳을 대라. 그러면 네 아들과 개방 거지들을 살려주겠다. 단 밀고를 한 놈은 죽인다.”

그의 말에 왕칠명의 얼굴이 새파랗게 질렸다.

개방거지를 밀교하며 공을 세운 것은 다름 아닌 그였다. 포상을 원한 것이지 죽음을 원한 게 아니었다.

“교주님, 굽어 살피십시오.”

왕칠명이 절을 하며 몸을 납작 엎드렸다. 하지만 교주의 무공은 이미 발휘된 후였다.

푸우우우욱.

소림의 탄지공이 왕칠명의 미간을 꿰뚫었다. 왕칠명은 억 소리도 내지 못하고 절명했다.

회의장에 다시 싸늘한 침묵이 감돌았다.

사람들이 여럿 죽으면서 비릿한 피 냄새가 허공에 떠돌았다.

총운은 뒤늦게 깨달았다.

정파에서 준비한 신교를 꾀어낼 방법이라는 것을.

유철남을 비롯해 왕칠명까지.

이들은 일부러 신교에 잡혀왔다. 그리고 목숨을 건 채 연기를 하는 것이었다.

그 수순이 이제는 눈에 들어왔다.

우선 개방도 중 한 명이 배신하여 나머지가 궁에 잡힌다.

거기서 우여곡절 끝에 임시 총타의 위치가 밝혀진다. 그러면 신교는 이를 확인하고 대규모 병력을 보낼 것이다.

'절대로 발각될 수 없는 계획이다.'

총운은 작게 고개를 끄덕였다.

설사 자신이 교주라도 해도 깜빡 속아 넘어가고 말 것이다.

하지만 문제는 그들의 목숨이 풍전등화와 같다는 점이었다.

'살려야 한다. 다른 방법이 없을까?

충운은 얼굴을 찌푸리며 고민했다.

그들이 희생을 각오했더라도 최대한 많은 수를 살리고 싶었다.

"마지막으로 묻는다. 알고 있는 것을 말해라."

흑천운의 말이 사형선고처럼 무거웠다. 유철남은 얼굴을 부르르 떨다가 이윽고 입을 열었다.

"…화산이다. 화산에 개방도 팔백과 명월관의 인물이 모였다."

"틀림없겠지?"

"확인해 보면 알 것 아니냐."

유철남의 대답에 흑천운이 눈짓을 했다. 당장 화산에 신교인을 보내보라는 뜻이었다.

"약속대로 너와 다른 개방도들은 살려주겠다. 하지만 내 앞에서 머리를 조아리지 않은 너는 죽는다."

흑천운이 다시 손을 뻗었다.

그는 다시 한 번 혈룡지를 펼쳤다.

'안 돼.'

충운은 자신도 모르게 몸을 일으켰다. 그리고 단번에 공력을 끌어올렸다.

유철남이 죽는 것을 눈앞에서 볼 수 없었다.

그가 걸안당주였을 때부터 인연을 이어왔다.

처음에는 다소 다툼이 있었지만 그 이후부터는 단단하게 총운의 아군이 되었다.

지금까지 살아남은 유일한 개방의 장로.

그를 이렇게 허무하게 잃을 순 없었다. 총운이 막 손을 뻗으려는 찰나 유철남과 시선이 맞았다.

유철남의 얼굴에는 작은 미소가 걸렸다.

그는 총운을 똑바로 보며 고개를 저었다. 총운의 뜻을 읽고 이를 만류하는 것이었다.

그의 눈빛은 이렇게 말하고 있었다.

나를 이대로 보내주시오. 뒷일을, 개방의 미래를 당신이 지켜주시오.

그의 애절한 시선에 총운의 팔이 허공에 멈췄다.

푸우우우욱.

혈룡지가 유철남의 미간을 관통했다.

털썩.

유철남은 낡은 인형처럼 툭하고 바닥에 쓰러졌다. 그의 죽음에 아들 철종이 애절하게 울었다.

그 서러운 울음에 총운은 가슴이 파도처럼 요동침을 느꼈다.

뜨거운 것이 목줄기까지 올라왔지만 간신히 참아냈다.

"남은 놈들은 감옥에 보내면 되겠습니까?"

총운이 감정을 추스르고 말했다. 유철남의 희생으로 남은 개방도라도 구해야 했다.

"아니, 그럴 것 없다. 저놈은 이미 죽었으니 아들과 개방도가 산 줄 알 것 아니냐?"

흑천운이 비릿하게 웃었다.

그는 열 발의 탄지공을 쏘아 개방도와 철종을 단숨에 죽였다.

그 잔인한 손속에 총운은 다시금 허탈함을 감출 수 없었다.

총운은 눈을 질끈 감았다.

이자는 어찌하여 이렇게 잔혹하단 말인가.

"조만간 벌레들을 치러간다. 다들 준비하도록."

흑천운의 말과 동시에 수하들이 우렁차게 존명을 외쳤다.

한편 귀령이 회의 내내 자신을 보고 있음을 총운은 알지 못했다.

회의는 그렇게 끝이 났다.

*   *   *

마음이 가라앉았다.

하늘같이 치솟았던 분노는 이제 극도의 허무함으로 뒤바뀌었다.

총운은 자신도 모르게 한숨을 내쉬었다.

가슴에 난 이 커다란 구멍을 어찌 메우면 좋을까.

유철남이 죽었다.

그것도 코앞에서 죽었음에도 아무것도 하지 못했다. 죽기 전에 그가 지었던 표정이 아직 뇌리에 선명했다.

담담한 눈빛에 입가에 어린 옅은 미소.

그것은 이미 죽음을 예견한 얼굴이었다.

평소 성격을 생각하면 이번 작전에 직접 지원을 했을 것이다.

"애꾸 노인네가 오래 살아서 뭐하겠어요. 할 일을 마치고 빨리 죽어야지."

그는 껄껄 웃으며 그런 농담을 하곤 했다.

'벌써 떠나실 뿐이 아닌데……'

총운은 벌컥벌컥 술병을 들이켰다.

그의 곁에는 이미 수십 개의 술병이 나동그라져 있었다. 적 독주에 익숙해지고 난 후 보통 술은 아무리 마셔도 취하지 않았다.

총운의 시선이 창가로 향했다.

차가운 초승달이 빛을 뿜었고 한줄기 바람이 장포를 뒤흔들었다.

생사를 함께하고 마음을 주었던 동료가 죽었다.

이 비극은 대체 언제까지 이어질까.

'장로님과 개방도들의 희생을 결코 헛되이 하지 않을 겁니다.'

총운은 두 주먹을 불끈 쥐었다.

그들을 위해서라도 반드시 일흑신교를 무너뜨리고 중원에 평화를 되찾으리라.

마음을 정리하는데 주변에서 묘한 기감이 느껴졌다.

살기는 전혀 없었으며 밖으로 뿜는 진기도 실오라기처럼 가늘었다.

하마터면 전혀 알아차리지 못할 뻔했다.

총운은 공력을 살짝 운용하며 취기를 날려 버렸다.

그들의 존재를 알아차렸다는 걸 아직 드러내서는 안 됐다.

'이 정도 능력이라면 특급살수일 텐데. 어째서 내게 붙었지?'

그는 도무지 이해할 수 없었다.

대라궁에 살수가 있다는 사실도, 그들이 왜 자신을 지켜보고 있는지도 말이다.

'설마……'

가능성이 있는 것은 단 한 가지뿐이었다.

교주나 다른 존자가 그의 정체를 의심하고 있다는 것이다.

이를 확인하기 위해 살수를 보냈다고 하면 설득력이 있었
다.

총운은 잠시 고민했다.

이들을 그대로 내버려둘 것인가. 아니면 기어이 붙잡아 배
후를 캐낼 것인가.

'당분간 즐기도록 해주지.'

총운은 살수를 무시하기로 결정했다.

그들의 감시를 잘 넘긴다면 오히려 의심을 털어낼 수 있었
다.

꺼림칙하더라도 모른 척 넘어가는 편이 좋을 듯했다.

밤이 깊어가면서 총운의 의식도 차차 희미해졌다.

第九章
일촉즉발(一觸卽發)

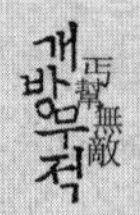

날씨가 좋았다.

햇볕은 따스했으며 커다란 뭉게구름이 평화롭게 하늘을 떠돌았다.

바람은 포근했고 상큼한 풀냄새가 감돌았다.

이와 달리 대라궁의 분위기는 매우 시끌벅적하고 분주했다.

바로 이틀 전 한 통의 서첩이 교주에게 전해졌기 때문이다.

화산으로 향했던 질풍유격대(疾風遊擊隊).

그들은 화산을 정찰한 뒤 놀라운 소식을 알렸다.

산 중턱에는 긴 흙벽이 쳐졌으며 그 안에는 개방도를 비롯해 수많은 정파인이 집결해 있다는 것이다.

사로잡았던 유철남의 말이 사실로 드러났다.

소식을 접한 교주는 회심의 미소를 지었다.

드디어 벌레 같은 정파 놈들을 일거에 처치할 기회를 잡았다.

이번에야말로 그 뿌리까지 완벽하게 뽑아 버리리라.

"일주일간 화산을 칠 부대를 편성한다."

교주는 회의를 소집하여 존자들에게 임무를 나누었다.

화산으로 향하는 인원은 대라궁 전체 인원에 육 할이었다. 또한 열 명의 존자 중 여섯 명이 이들을 이끌게 되었다.

정파 토벌에서 제외되는 인원은 교주를 비롯해 다음과 같았다.

백혈방, 귀령, 혈호련, 백령기, 이렇게 네 명의 존자였다.

"병력을 좀 더 보내는 것이 좋지 않겠습니까?"

"아니, 천오백이면 충분하다. 정파 인원의 절반 이상은 어차피 거지다."

흑천운의 얼굴에 비릿한 미소가 어렸다.

거지들이 두려운 것은 그 숫자가 많고 이곳저곳에서 입소문을 퍼뜨리기 때문이었다. 무공 자체로 따지면 별 볼일 없는 집단이었다.

반면 총운은 속으로 흑천운을 비웃었다.

'개방을 예전 개방으로 생각하면 큰 오산이다. 그날이 되면 피눈물을 흘리며 후회해도 늦겠지.'

긴 회의 끝에 토벌인원과 시기까지 정해졌다.

그 시기는 다가오는 청명절(淸明節)로 대략 칠 일 뒤였다.

구체적인 계획이 전파되면서 존자들과 말단 신교도들까지 바쁜 하루를 보내게 되었다.

무림의 존망을 건 최후의 날.

그날이 하루하루 다가오고 있었다.

*   *   *

뿌우우우우—

커다란 나팔소리가 대라궁을 뒤흔들었다.

교주의 집무실인 흑룡각의 공터에는 무려 천오백의 신교인들이 도열했다.

그들은 모두 이름만 들어도 몸서리쳐질 정예들로만 구성되었다.

혈풍철갑대(血風鐵甲隊).

명마에 철갑으로 무장한 신교 최고의 돌격부대다.

그들을 가로막은 정파인은 그 누구도 죽음을 피하지 못

했다.

혈뇌신궁대(血雷神弓隊).

백발백중의 사수들로 구성된 지원 병력이다.

화살에 내공을 실어 방향을 조정하는 만큼 이를 피하기란 하늘의 별 따기였다.

홍염광마대(紅艶狂魔隊).

명실상부 신교의 최강의 전투부대였다.

이들은 이 년 전에 무림맹을 토벌하는데 혁혁한 공을 세웠다.

절정 이상의 고수들로만 편성된 신교의 간판과도 같은 존재였다.

그 밖에도 암혼수라대(暗魂修羅隊)를 비롯해 다수의 부대가 포함되었다.

'어마어마하군.'

총운은 군집을 훑어보며 혀를 찼다.

만약 정면으로 이들과 붙었다면 양패구상(兩敗俱傷)을 면치 못했을 것이다.

전면전을 선택하지 않은 것은 역시 옳은 결정이었다.

병력들이 기다리는 가운데 마침내 흑천운이 나타났다.

그는 흐뭇한 미소를 지으며 집무실 창가에 섰다. 그리고 수하들을 훑어본 뒤 운을 뗐다.

"오늘은 신교의 역사가 다시 쓰이는 날이다. 정파를 섬멸하고 일흑신교가 유일무이한 중원의 패자가 되는 날이다."

그는 공력을 담아 쩌렁쩌렁하게 외쳤다.

"정파인이 두려운 자, 패배가 두려운 자가 있는가?"

"없습니다!"

천오백 명이 동시에 대답했다.

그 목소리는 능히 태산이라도 움직일 듯했다.

"가거라. 발에 닿는 것은 모두 짓밟고 손에 닿는 것은 모두 베어라. 우리가 가는 길이 천도(天道)이고 우리가 행하는 것이 세상의 이치다."

흑천운은 마지막 한마디를 하고 돌아섰다. 이에 신교인들이 동시에 함성을 내질렀다.

그들의 사기는 하늘을 찔렀고 바위산도 부숴 버릴 듯 용맹했다.

쿠우우우우웅.

한 번도 열린 적 없던 대라궁의 남쪽문이 열렸다.

선발대가 이동하면서 나머지가 뒤를 따랐다.

신교인들의 행렬은 뱀처럼 길어 끝이 보이지 않을 정도였다.

'드디어 시작이군.'

총운은 흥분된 마음을 감추지 못했다.

심장이 쿵쾅쿵쾅 방망이질치고 손에서는 땀이 흘렀다.

드디어 건곤일척(乾坤一擲)의 순간이 다가왔다.

다음번을 기약할 수 없는 최후의 순간이 찾아온 것이다. 이번 전투의 흥망이 무림의 운명을 결정하리라.

총운은 시간을 계산했다.

임시 총타의 인원이 궁에 도착하는 건 세 시진 뒤였다.

그때면 신교의 병력들은 텅 빈 흙벽을 마주하게 될 것이다.

'살수들이 떨어졌으니 일단 굴을 확인할까?'

바로 이틀 전 그를 쫓아다니던 살수들이 일제히 감시를 중단했다.

우려와 달리 살수들은 단 한 번도 총운을 공격하지 않았다.

그저 적당한 거리를 두고 관찰만 했을 따름이었다.

터벅터벅.

총운은 자연스럽게 적화원을 향했다.

그리고 주변을 둘러보는 척하며 굴을 확인했다. 이전과 비교해도 한 치의 흐트러짐 없는 모습이었다.

'다행이다. 굴만 무사하면 걱정할 필요가 없지.'

절로 만족스런 미소가 피어올랐다.

이 작은 구멍이 화산에서부터 이어졌을 거라곤 누구도 상상치 못하리라.

총운은 곧바로 집무실로 복귀했다.

그가 지금 당장 할 수 있는 일은 없었다.

개방도와 정파인들이 입궁을 끝내면 그때부터 본격적인 혈투가 벌어질 것이다.

"존자님을 뵙습니다."

집무실 앞에 서 있던 사자가 무릎을 꿇었다.

"무슨 일이지?"

"교주님의 호출입니다. 흑룡각으로 오시라는 전갈을 받았습니다."

"알았다."

총운은 고개를 끄덕인 뒤 흑룡각으로 이동했다.

갑작스런 교주의 호출에 마음이 싱숭생숭했다.

정파 토벌단이 떠난 지 한 시진이 막 지났다. 지금에서 그를 찾는 이유를 알 수 없었다.

총운은 집무실 문 앞에 서서 인기척을 냈다. 그러자 안으로 들어오라는 목소리가 들렸다.

교주는 신교의 여성 중 한 명과 몸을 섞고 있었다.

여성의 야릇한 신음소리와 함께 침대가 파도처럼 요동쳤다.

백령기의 말에 따르면 교주는 종종 수하 앞에서도 여성과 관계를 맺는다고 했다.

게다가 총운 역시 한 번 목도를 한 경험이 있었다.

"생각보다 일찍 왔군. 잠시 기다려라."

교주가 담담하게 말했다.

그의 몸동작이 천막 사이로 은근히 드러났다. 이를 지켜보던 총운은 순간 정신이 번쩍 들었다.

지금 이 순간이 교주를 죽일 절호의 기회인 것이다.

교주를 손쉽게 죽인다면 대라궁을 접수하기도 그만큼 편해진다.

총운은 힐끔하고 침대를 응시했다.

교주는 여전히 몸을 움직이느라 정신이 없었다.

절정에 달하고 있는지 여성의 신음 소리도 높아져만 갔다. 이제 더 이상 망설일 틈이 없었다.

'이렇게 보내긴 아쉽지만 어쩔 수 없지.'

총운은 공력을 끌어올린 뒤 땅에 손을 짚었다.

스승이 남긴 최강의 절기 중 하나인 지룡승천(地龍昇天)를 펼친 것이다.

쿠우우우웅.

용으로 현신한 공력이 침대 위에서 치솟았다.

이에 침대가 산산조각 나고 천장까지 커다란 구멍이 생겼다.

범위가 넓은 만큼 피한다는 건 언감생심 불가능한 일이었다.

'이렇게 간단하게 끝날 줄이야.'

묘한 허탈감이 전신을 감쌌다.

흑천운을 죽이기 위해 생사곡을 극복하고 갖은 생사고락을 넘나들었다.

그런 그가 단 반각도 지나지 않아 완전히 사라지고 말았다.

허무함이 들지 않는다면 이상한 일이었다.

하지만 그때였다.

집무실 문이 열리며 네 명의 인원이 모습을 드러냈다. 그들은 교주를 비롯해 세 명의 존자였다.

순간 총운은 가슴이 철렁 내려앉는 듯했다.

어째서 그들이 이 자리에 모였단 말인가.

모든 것이 자신을 끌어내기 위한 음모였단 말인가.

"제갈총운. 드디어 본색을 드러냈군."

귀령의 얼굴에 비릿한 미소가 어렸다. 그는 팔짱을 낀 채로 말을 이었다.

"네놈이 백령기에게 당할 리 없다고 생각했다. 역시 모든 게 예상대로였어."

"…어떻게 나를 알아봤지?"

총운이 놀라 물었다.

그의 연기는 완벽했다.

유철남이 죽을 때는 다소 감정적이었지만 정체를 의심할

만한 수준은 아니었다.

"난파된 범선의 선원들을 일일이 조사했다. 개중에 널 본 선원이 있더군. 웬 거지가 한 소년과 신교인을 메고 강을 건넜다고 했다."

귀령의 말이 망치처럼 머리를 때렸다.

그가 전투 벌이던 중 의식을 차린 선원이 있었던 모양이었다.

이를 계산하지 못한 건 분명 총운의 실수였다.

"대라궁에서 뭘 꾸미고 있었던 거지?"

흑천운이 부드러운 시선으로 총운을 응시했다.

다 잡은 먹잇감을 보는 사냥꾼의 표정이었다.

"듣고 싶은가?"

총운은 역용술을 풀고 상대를 응시했다.

허공에 손을 뻗자 탁자에 놓인 타구봉이 빨려 들어왔다. 정체가 들켰으니 이제는 다른 수가 없었다.

총타의 인원이 올 때까지 발버둥을 칠 수밖에.

"자신 있으면 직접 내 입을 열어라."

"생사곡에서 못된 것만 배워온 모양이군."

흑천운이 피식 웃었다.

그는 총운이 살아 있다는 것이 기뻤다.

총운은 무료한 일상에 유일한 자극제였다. 그가 죽었다는 소식을 들었을 때는 내심 크게 실망했었다.

"흑천운, 와라. 네게는 갚아줄 빚이 있다."

총운은 가슴 섶을 펼쳤다.

그곳에는 흉측한 손톱자국이 자리 잡았다.

이 년 전 무림맹에서 입은 굴욕적인 상처였다. 이를 와신상담했기에 지금의 총운이 있을 수 있었다.

"건방진 놈! 네놈은 교주님과 싸울 그릇이 못 된다."

백혈방이 선두에 섰다.

그는 혈교의 비전 심법인 혈륜반야심공(血輪般若心空)을 극성으로 운용했다. 이에 눈 주변에 실오라기 같은 혈광이 어렸다.

"너와 싸우는 건 조금 뒤다. 거지 스승에게 배운 무공을 어디 한번 보여다오."

흑천운이 눈짓을 하자 세 명의 존자가 동시에 달려들었다.

그들은 신법을 밟으며 벼락처럼 쇄도했다.

"거지 놈이 감히 날 속였겠다."

가장 먼저 거리를 좁힌 건 혈호련이었다.

그녀의 얼굴은 벌겋게 달아올랐으며 입가에 미약한 경련이 일었다.

백령기라 믿었던 존재가 사실은 제갈총운이었다.

지난 며칠을 떠올리니 치욕스럽기 그지없었다.

쎄에에에에엑—

혈호련이 손톱을 쭈욱 뻗었다.

손톱 주변에는 새빨간 기운이 넘칠 듯이 요동쳤다.

혈교의 비전 지공 중 하나인 멸겁혈지갑(滅怯血指甲)을 펼친 것이다.

거기에 귀령과 백혈방의 공격까지 합쳐졌다.

무려 십대존자 삼인이 펼치는 합공.

제아무리 충운이라도 우습게 볼 순 없었다.

'공간이 좁다. 맞서야 하는 건가?'

충운은 무공의 궤도를 유심히 살폈다. 그리고 바닥에 털썩 주저앉았다.

스승이 즐겨 쓰던 망월취(望月醉)를 사용한 것이다.

그가 주저앉자 그 위로 세 명의 무공이 엉켰다. 특히 강공을 택한 혈호련의 자세가 크게 무너졌다.

충운은 앉은 채로 혈호련의 손목을 낚아챘다.

이후엔 그녀를 자신 쪽으로 당긴 뒤 장법을 뻗었다.

퍼어어어억.

장법이 정확히 복부를 강타했다.

혈호련은 각혈을 하며 십 장 가까이 날아갔다.

손끝에 닿은 감촉은 알짜배기였다. 분명 다시는 일어서지 못할 것이다.

혈호련이 쓰러지고 상황은 삼 대 일이 되었다.

집무실의 분위기는 싸늘했으며 서로의 시선만이 불꽃처럼 타올랐다.

"와라."

총운이 손을 까닥거리며 셋을 도발했다.

그와 동시에 백혈방과 귀령이 동시에 거리를 좁혔다.

"혈륜금강장(血輪金剛掌)."

"흑염파천권(黑炎波天拳)."

두 사람의 공격이 벼락처럼 뿜어졌다.

우측에선 몸통만 한 장법이, 좌측에선 권법이 꽃처럼 흐드러지게 피었다.

양쪽 모두 절기에 근접할 정도로 강성한 무공을 빼어든 것이다.

총운에겐 그야말로 사면초가였다.

보통 때라면 절기를 써서 수세를 모면했을 것이다. 하지만 총운은 그렇게 하지 않았다.

'네놈의 수작을 모를 것 같으냐?'

그는 속으로 쓴웃음을 삼켰다.

흑천운은 수하를 보내놓고 천통안으로 무공을 훔칠게 뻔했다.

총운은 그런 허접한 수작에 걸린 잡배가 아니었다.

총운은 타구봉에 진기를 불어넣었다. 청죽의 타구봉에 달처럼 새파란 기운이 서렸다.

휘이이이익.

타구봉이 허공을 갈랐다.

총운이 빼든 것은 타구봉 삼절초의 절기인 취구번신(醉究繁身)이었다.

새파란 타구봉이 그물처럼 허공을 장악해 나갔다.

취구번신은 상대를 읽는 구(構)자 결을 극대화한 것이었다.

타다다다닥.

타구봉은 장법과 권법을 엮어 서로 충돌하도록 방향을 돌렸다.

"피해라!"

백혈방이 다급하게 외쳤다.

이대로 가다간 귀령이 그의 장법에 쓰러질 수도 있었다. 혈륜금강장은 포달랍궁에서도 좀처럼 사용하지 않는 패도적인 장법이었다.

콰아아앙!

귀령이 몸을 구르면서 장법이 그가 섰던 자리를 강타했다. 이에 굉음과 함께 나무 조각들이 사방으로 퍼져 나갔다.

'좋았어. 지금이다'

총운은 눈을 빛내며 창가로 뛰어들었다.

만리추풍신법을 극성으로 밟자 주변으로 거센 광풍이 불었다.

휘이이익―

그의 목표는 임시 총타의 인원이 올 때까지 시간을 버는 것이었다.

한자리에 갇혀서 수세에 몰릴 필요가 없었다.

게다가 흑천운이라도 가세한다면 죽은 목숨이 되고 말 것이다.

총운은 창틀을 깨고 지붕을 디뎠다.

순간 등골이 서늘하고 머릿속이 하얗게 비었다.

"…!"

그는 내려다보고 있는 것이 사실이 아니기를 바랐다.

흑룡각 아래에는 금의를 입은 무사들 백 명이 진을 치고 있었다.

그들은 교주를 보필하는 신교 최강의 흑천금룡대(黑天金龍隊)였다.

"네가 살 곳은 없다."

돌아보니 흑천운이 비릿한 미소를 짓고 있었다.

"선택할 수 있는 건 어디서 죽을 것인가 뿐이지."

"웃기지 마라. 네 뜻대론 되진 않아."

총운은 일부러 허세를 부렸다. 하지만 속은 이미 새까맣게 탄 상황이었다.

십대존자 일이 위를 다루는 백혈방.

그에 못지않게 뛰어난 무위를 가진 귀령.

흑천운은 아직 쌩쌩했으며 발아래에는 흑천금룡대가 아가리를 벌리고 있었다.

총운에겐 그야말로 악몽과도 같은 상황이었다.

그는 입술을 세게 깨물었다.

'어쩔 수 없다. 최대한 시간을 끄는 수밖에.'

총운은 그대로 다음 층 지붕으로 뛰어내렸다.

지붕에 발이 닿는 순간 취견추(醉犬錐)로 몸을 고정했다. 하지만 그 뒤를 강력한 장력과 권경이 쫓았다.

총운은 재빨리 바닥을 짚고 몸을 굴렀다.

쿵쿵쿵쿵쿵쿵.

그가 섰던 자리에서 굉음이 터졌다.

새하얀 연기가 피어오르면서 기와장이 주변으로 흩어졌다.

'빈 곳을 찾아야 해.'

지붕을 크게 돌면서 계속 아래로 내려갔다.

창가에선 백혈방과 귀령이 악에 받친 듯 장력을 뿜어냈다.

총운은 이를 피하면서 마침내 땅을 디뎠다.

하지만 금룡대원은 금세 그를 동그랗게 감쌌다. 그들이 뿜어내는 흉흉한 공력에 온몸에 털이 곤두섰다.

문제는 비단 그뿐만이 아니었다.

십대존자와 교주까지 합류할 경우 총운은 그야말로 사면초가였다.

임시 총타의 인원이 도착하는 건 한 식경 후.

그때까지는 무슨 수를 써서라도 살아남아야 했다.

'이젠 어쩔 수 없다.'

총운은 품에 감춰두었던 적독주를 세 모금 들이켰다. 온몸이 순식간에 빨개지면서 의식이 거의 지워질 듯했다.

그는 호리병을 허리에 차고 비틀거리기 시작했다.

"방심하지 말고 천천히 친다."

"존명."

금룡대원이 거리를 둔 채 연격을 펼치기 시작했다.

쎄에에에에엑.

검기가 서린 공격은 하나하나가 치명적인 살수였다. 그들의 공격은 그물처럼 촘촘하게 총운을 압박했다. 하지만 총운역시 만만치 않았다.

적독주를 세 모금 마신 그는 취호(醉虎)의 경지에 올랐다.

움직임은 민첩하면서 동시에 날카로웠다. 또한 자유분방하면서도 절도를 잃지 않았다.

"아니, 뭐 이런 인간이……."

"밀린다. 진형을 더 견고하게 해!"

금룡대원들은 경악을 금치 못했다.

교주도 아닌 자가 그들 백의 연격을 막아내고 있었다. 그것
도 혼자서 말이다.

게다가 금룡대원의 수가 줄면서 오히려 압박을 받고 있었
다.

직접 상대하면서도 믿을 수 없는 광경이 펼쳐졌다.

한편 흑천운은 조금 떨어진 곳에서 총운의 무위를 살폈다.

츠즈즈즈즛.

눈이 파랗게 변하면서 천통안이 발휘되었다.

하지만 한참을 바라봐도 그 이치가 읽히지 않았다. 이는 흑
천운도 처음 경험하는 것이었다.

그의 눈이 살짝 찌푸려졌다.

'설마 그런 건가?

지금 총운은 무공을 펼치고 있는 것이 아니었다.

본래 무공이란 자연의 이치나 깨달은 것을 움직임에 녹여
내는 일이다.

천통안이 하는 일은 그 이치와 묘미를 단번에 낚아채는 것
이다.

하지만 무공이 아닌 것은 훔치거나 베낄 수 없었다.

지금의 총운은 그저 아무런 의식 없이 뛰어다니는 야수와 같았다.

흑천운은 깨달았다.

천통안의 강력한 대항마(對抗馬)가 바로 취권이라는 것을 말이다.

일전까지 총운은 단 한 번도 취권을 사용하지 않았다. 즉, 생사곡에서 새롭게 익힌 것이라고 볼 수 있었다.

'늙은이가 또 쓸데없는 짓을 했군.'

흑천운의 미간이 지렁이처럼 꿈틀거렸다.

이럴 줄 알았으면 그를 전대방주와 만나게 하지 말 걸 그랬다.

그랬다면 제갈총운도 평범한 제갈가의 인물로 살았을 것이다.

그사이 귀령이 한 여성을 사로 잡아왔다. 한때는 개방거지였던 옥빙화라는 여자였다.

"이거 놔!"

옥빙화는 귀령의 손아귀에서 벗어나려 했지만, 귀령은 묵묵히 그녀를 끌었다.

흑천운이 그 모습을 보며 눈을 좁혔다.

"무슨 짓이냐?"

"저놈의 취권을 완전히 봉쇄할 방법이 있습니다."

　귀령은 자신만만하게 대답했다. 그에 흑천운은 흘낏 총운을 바라보다 고개를 끄덕였다.

　귀령은 흑천운의 허락에 차가운 미소를 지으며 총운을 응시했다.

　그 모습을 옥빙화는 불안하게 지켜볼 수밖에 없었다.

*　　*　　*

　한편 총운은 계속되는 전투에 몸 상태가 더욱 악화되었다.

　'더 이상은 무리야.'

　절로 미간이 찌푸려졌다.

　적독주의 열기가 점차 몸을 지배하고 있었다.

　혈관이 지글지글 타올랐으며 온몸을 용광로에 달군 것처럼 뜨거웠다.

　이대로 가다간 내장이 타버릴지도 몰랐다.

　현무취권으로 금룡대원 오십을 쓰러뜨리는 쾌거를 이루긴 했다.

　하지만 더 이상 취권만을 고집할 수는 없었다.

　총운은 공력으로 취기를 모두 몰아냈다.

　그리고 연쌍비(燕雙飛)를 극성으로 밟으며 포위진을 벗어났다.

‘한 식경만 버티면 총타 인원이 온다. 이제 혈륜각으로 가
자.’

발걸음을 옮기는 찰나 교주와 귀령, 그리고 백혈방이 앞을
가로막았다.

특히 귀령은 벌벌 떨고 있는 옥빙화를 안고 있었다.

“제법 날 뛰었지만 여기까지다. 제갈총운.”

귀령이 비릿한 미소를 지었다.

“호리병을 내놔라. 그렇지 않다면 이 여자의 목을 베겠
다.”

귀령의 말이 망치처럼 머리를 때렸다.

총운의 몸은 석상처럼 굳었다. 당혹스런 시선도 옥빙화에
게서 떨어질 줄 몰랐다. 이런 상황에 그녀가 인질로 잡히다
니.

“이 여자가 죽어도 좋나? 호리병을 어서 넘겨라. 목숨은 확
실히 보장하겠다.”

“청하자의 말을 듣지 마요. 나 말고 중원을 구해…….”

“닥쳐라. 계집.”

청하자가 옥빙화의 볼을 세차게 후려쳤다.

순간 총운의 눈에 불꽃이 튀었다. 옛 동료를 능욕하는 것도
정도가 있는 법이다.

그는 땅바닥을 향해 고개를 푹 숙였다.

대의를 위해선 그녀를 포기하는 게 옳았다.

신교를 무너뜨리기 위해 얼마나 많은 정파인이 피를 흘렸던가.

지금 호리병을 잃는다면 흑천운을 상대할 가장 큰 무기를 잃는 셈이다.

항룡십팔장의 숨은 초식이 아무리 강력하다해도 천통안에 읽히면 의미가 없었다.

하지만 정말 이대로 그녀를 잃어도 좋은 걸까.

총운은 자신할 수 없었다.

많이 늦었을지 몰라도 그녀가 잃어버린 시간을 되찾아주고 싶었다.

대라궁에 홀로 남아 겪은 고통을 그 누가 보상한단 말인가.

여기저기 이용만 당하다가 죽는다면 개죽음이 아닌가.

총운은 고민 끝에 호리병을 손에 쥐었다.

그를 결심하게 만든 것은 바로 스승이 남긴 한 마디였다.

"항상 마음의 길을 따라 가거라. 그 길 끝에서 네가 원하는 것을 볼 수 있을 것이다."

'정말 멍청한 녀석이군.'

흑천운은 총운을 보며 피식 웃고 말았다.

그가 유일하게 적수라 생각했던 이가 바로 총운이었다.

총운이 이런 단순한 수에 넘어갈 줄은 몰랐다. 세상에 최고의 무기와 고작 여자 하나를 바꾸다니.

그의 입장에선 절대로 이해할 수 없는 일이었다.

흑천운은 알았다.

자신을 상대할 유일한 방법이 취권이라는 것을 말이다.

즉, 호리병만 없애 버린다면 그가 총운에게 질 확률은 거의 없었다.

총운은 이를 악물며 귀령을 노려보았다.

"그녀의 안위를 약속할 수 있나?"

"물론이다. 뼈를 치는데 손톱 정도는 얼마든지 내어줄 수 있지."

"그럼 셋을 셀 테니 동시에 교환한다."

총운이 단호하게 말했다.

그는 손가락을 접으며 숫자를 세기 시작했다.

긴장이 극도로 응축되는 가운데 마지막 셋이 메아리처럼 맴돌았다.

휘이이이이익.

호리병이 허공을 날았다. 귀령 역시 약속대로 옥빙화를 총운에게 던졌다.

'당신을 포기하지 않을 겁니다.'

총운은 신법을 밟으며 옥빙화에게 달려갔다.

그사이 귀령과 백혈방의 권법과 권경이 허공에 흩뿌려졌다.

그 수와 위력은 가히 경천동지할 만했다.

아라한혈룡장(阿羅漢血龍掌).

광마파월권(狂魔波月拳).

두 사람 모두 최강의 절기를 꺼내든 것이다.

그 패도적인 공격은 그 어떤 신법으로도 피할 수 없었다.

'이제 하늘에 맡기는 수밖에.'

총운은 한 팔로 옥빙화를 끌어안고 남은 손을 하늘에 뻗었다.

항룡십팔장의 제십구초식인 천룡낙하(天龍落下)를 펼친 것이다.

쿠우우우우우웅.

용으로 현신한 장력이 하늘에서 떨어졌다.

천룡낙하는 두 사람의 장법을 모두 먹어치운 뒤 땅바닥을 내리쳤다.

순간 굉음과 함께 광풍이 주변에 휘몰아쳤다.

잿빛연기가 걷히면서 주변의 모습이 드러나기 시작했다.

총운은 양팔로 옥빙화를 끌어안은 채 바닥에 쓰러졌다.

"괜찮아요?"

총운의 물음에도 옥빙화는 답하지 않았다. 그저 울먹이는 시선으로 그를 응시할 따름이었다.

"왜 이런 바보 같은 짓을……."

총운은 옅게 미소를 지었다. 그 모습에 옥빙화는 더욱 가슴이 아팠다.

"기왕 죽을 거면 미인과 함께 죽는 게 좋잖아요."

"지금 농담할 때가 아니잖아요."

옥빙화의 눈물이 총운의 얼굴을 적셨다. 눈물은 벅찬 그녀의 마음만큼이나 뜨거웠다.

총운은 소매로 그녀의 눈가를 닦아주었다.

"울지 말아요. 이 년 만에 만났는데 웃어줘야 하는 거 아니에요?"

"또 뻔뻔한 소리를. 당신은 정말 구제불능이에요."

"나도 잘 아는 사실이에요."

그는 피식 웃으며 몸을 일으켰다.

주변에는 어느새 금룡대원들이 포위진을 짰다.

세 명의 마두는 비릿한 미소를 지으며 그들을 응시하고 있었다.

적독주가 담긴 호리병은 파괴되었고 흑천운은 천룡낙하를 습득했다.

더 이상 총운에게 당할 이유가 없는 것이다.

"스스로 무덤을 팠구나. 네가 나를 감당할 수 있을까?"

흑천운이 광소(狂笑)했다.

그의 웃음소리가 주변을 메아리처럼 울렸다.

"뜻이 있는 곳에 길이 있는 법이지. 나는 사랑하는 사람도 구하고 무림도 구할 것이다."

"대낮에 잠꼬대를 하는군. 이젠 네놈의 면상을 보는 것도 질린다."

흑천운의 시선에 금룡대원과 두 명의 존자가 덤벼들었다.

진퇴양난의 상황이었지만 총운의 마음은 오히려 담담했다.

"솔직히 당신이 나를 구해줘서 고마웠어요. 이젠 맘 편히 죽을 수 있을 것 같아요."

옥빙화가 총운을 꼭 끌어안았다.

"내 말 못 들었어요? 당신도 나도 무림도 모두 살아날 거에요. 지켜봐요. 나를."

총운은 발을 구르며 취운무(醉雲舞)를 극성으로 밟았다. 그러자 짙은 구름 장벽이 일 리 가까이 펴져 나갔다. 기습적으로 펼친 신법에 흑천운은 물론 존자들 역시 손을 쓰지 못했다.

타다다다다닥.

총운의 발걸음이 혈륜각을 향했다. 다행히 혈륜각은 완전히 텅 빈 상태였다.

　그는 빠른 속도로 지하실에 내려갔다.

　지하실에는 시퍼런 안광을 띤 백 구의 수라혈강시가 누워 있었다.

　"친구들아, 이젠 너희의 힘이 필요하다."

第十章　건곤일척 (乾坤一擲) 一

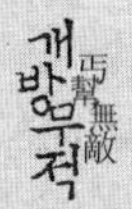

날이 밝았다.

하늘은 높고 푸르렀으며 조각구름 한 점 없어 커다란 시내를 보는 것 같았다.

천오백의 신교인은 진열을 갖춘 채 화산으로 이동했다. 진열의 가장 앞에 선 것은 혈풍철갑대였다.

말에 올라탄 이백여 명의 정예는 그야말로 위풍당당했다.

갑옷이 햇빛을 반사하며 보석처럼 부서졌다.

그 뒤를 홍염광마대와 혈뇌신궁대가 뒤따랐다.

토벌단이 움직일 때마다 지축이 울렸고 주변의 동물과 새들은 자리를 뜨기 바빴다.

"대략 한 시진 남은 건가?"

만혼자가 저 멀리 화산을 응시했다.

만혼자는 본래 마교출신으로 십대존자의 서열 삼 위였다. 그의 성명절기인 혈사뇌전도법(血巳雷電刀法)은 과거 무림맹 무사의 피를 수 없이 맛보았다.

화산과 가까워지면서 산 주변의 경치가 하나둘 눈에 들어왔다.

산봉우리에는 희뿌연 구름이 끼었으며 잔공잔도의 가파른 절벽과 기암들이 곳곳에서 눈에 띄었다.

그중 눈에 확 띠는 곳은 단연 화산 중턱이었다.

산 중턱에는 동그랗게 쳐진 흙벽이 있었다.

흙벽은 생각보다 넓고 높았는데 산허리에 절반을 가로막았다.

이를 뚫고 지나가려면 제법 애를 먹어야 할 듯했다.

"쥐새끼들이 숨어서 집을 짓고 있었나 봅니다."

빙형무가 호탕하게 웃었다.

그 역시 십대존자의 일인으로 북해빙궁의 인물이었다.

"그러게 말이다. 거지 주제에 집 한번 호화스럽게 짓는구나."

만혼자는 웃으며 농담을 받아주었다.

흙벽을 바라보는 얼굴엔 결연한 의지가 서렸다.

정파 놈들은 질긴 잡초와 같았다. 뿌리를 뽑고 줄기를 쳐내도 끊임없이 자라났다. 하지만 그 질긴 악연도 오늘로 종지부를 찍게 될 것이다.

'크크크큭. 이번엔 결코 살아남을 수 없다.'

만혼자는 장담했다.

암월관이 아닌 곳에서 신교의 최정예 천오백을 감당하는 것은 불가능했다.

그는 화산 초입부에 병력들을 세워두었다.

척후조에 보고를 받은 뒤 곧바로 쳐들어갈 생각이었다. 이윽고 사십의 흑의인이 그에게 다가왔다.

"흙벽 주변을 전부 살폈습니다만 매복한 인원은 없었습니다."

"우리의 공격은 알고 있는 것 같은가?"

"제 생각으로는 알고 있는 것 같습니다. 성벽 안이 쥐 죽은 듯이 고요했습니다."

보고를 들은 만혼자는 껄껄 웃었다.

지금쯤 정파인들은 천도(天道)와 신을 찾으며 기도를 올리고 있을 것이다.

기도가 끝날 때쯤이면 저세상 구경을 하겠지만.

"오늘에야말로 정파의 벌레들을 소탕한다."

만혼자의 말에 신교인들이 우렁찬 함성을 질렀다. 그들의 외침에 화산이 진동하는 것처럼 떨렸다.

타다다다다닥.

신교의 정예들이 산을 오르기 시작했다.

그들의 눈은 마치 먹이를 노리는 매처럼 날카로웠다.

한 식경 정도 전진하자 저 멀리에 커다란 흙벽이 우뚝 서 있었다.

"준비 됐나?"

"물론입니다."

빙형무가 작게 고개를 끄덕였다.

그는 빙류탄영(氷流彈影)을 밟으며 신교인의 선두로 나섰다.

그리고 재빨리 흙벽에 자신의 양손을 갖다 댔다.

이윽고 그의 몸 주변에서 새하얀 기운이 실오라기처럼 뿜어졌다.

투두두두두둑.

빙형무의 손이 닿은 흙벽이 점차 얼어갔다.

그 범위는 삽시간에 사방으로 넓어졌다.

냉기의 강도가 강해지자 쩌저적 하고 벽에 균열이 가기도 했다.

그의 절기 중 하나인 동천빙강(冬天氷强)이 펼쳐진 것이다.

“나와라.”

만혼자의 외침에 빙형무가 땅을 굴렀다. 때는 바로 지금이었다.

만혼자는 쌍도를 빼들고 꽁꽁 언 벽에 검기를 날렸다.

검기가 닿자 벽들이 얼음조각이 되어 부서졌다.

벽이 무너지면서 사람 이십은 들어갈 수 있는 통로가 만들어졌다.

천오백의 신교인들은 단숨에 뚫린 벽 사이를 통과했다.

방어벽이 무너진 만큼 마음껏 날 뛰어도 좋은 상황이 되었다.

그들은 눈을 번뜩이며 먹잇감을 찾았다.

“뭐지? 안에 사람이 하나도 없어.”

“또 다른 곳에 숨은 건가?”

신교인들은 주변을 훑어본 뒤 어깨를 으쓱했다.

흙벽 내부는 지나치게 고요했다. 사람은커녕 그 그림자조차 볼 수 없었다.

‘이거 뭔가 이상한데?’

기묘함을 느낀 것은 만혼자 역시 마찬가지였다.

그의 예상대로라면 거지들은 타구진을 친 채로 그들을 맞아야 했다.

거지들의 가장 큰 무기가 바로 타구진이었으니까 말이다.

혈풍철갑대를 토벌단에 끌고 온 것도 그 같은 이유에서였
다.

하지만 흙벽 안쪽은 정적 그 자체였다.

신교인들은 조심스럽게 내부를 살폈다.

혹시 기척을 숨기고 있는 적이 있는지, 함정이 있는지를 꼼
꼼히 확인했다.

"이건 뭐지?"

만혼자는 커다란 소나무에게 접근했다.

나무의 몸통에는 한 장의 서찰이 붙어 있었다. 서찰을 내려
가는 그의 표정이 딱딱하게 굳어갔다.

지금쯤이면 도둑이 들었을 거라 생각하고 편지를 남긴다.

가진 것 없는 거지들의 무엇을 보고 쳐들어왔느냐.

누렇고 냄새나는 적삼이 탐났느냐.

아니면 누룽지가 맛있게 보였느냐.

속이 시꺼먼 놈들이라 도무지 속도 마음도 헤아릴 수가 없다.

혹시 우리의 행선지가 궁금 하느냐.

우리는 지금 대라궁에 구걸을 하러 간다.

대라궁에는 각종 산해진미가 있다고 하니 팔백의 거지도 충분히

배를 채울 수 있겠지.

일전에 교주의 마음씨가 비단처럼 곱다고 들었다.

분명 우리 거지들을 위해서 음식을 내어줄 거야.

하여간 먼 길을 오느라 고생이 많았다.

너희를 위해 우물을 팠으니 시원하게 물이나 한잔하고 돌아가거라.

서찰은 그렇게 끝이 났다.

"이런 빌어먹을 거지새끼들."

만혼자의 얼굴이 종잇장처럼 일그러졌다.

거지들은 서찰을 통해 그를 능욕했다.

감히 더럽고 냄새나는 것들이 신교의 십대존자를 능멸하더니.

그는 노기를 참지 못하고 주먹으로 나무를 후려쳤다.

쿠우우우웅.

소나무가 쓰러지면서 주변으로 흙먼지가 일었다.

"대체 무슨 요술을 부린 거지? 지난 보름 간 화산을 빠져나간 인간은 하나도 없었는데."

만혼자는 입술을 깨물었다. 아무리 생각해도 거지들의 행동은 상식을 벗어났다.

그들은 어떻게 감촉같이 자리를 피했을까.

고민하던 사이 수하 한 명이 허겁지겁 달려왔다.

"존자님, 흙벽 근처에서 동굴이 발견됐습니다."

“가자.”

그는 남은 수하들을 끌고 동굴로 향했다.

동굴은 대여섯이 걸을 수 있을 정도로 폭이 넓었다. 굴 끝에는 새까만 어둠이 아가리를 벌렸다.

“이럴 수가 완전히 당했군.”

굴을 보는 순간 절로 신음이 터졌다.

그는 단숨에 거지들의 의도를 알아차렸다.

그들이 화산에 자리를 잡은 것은 본 거지를 세우려는 것이 아니었다. 오히려 대라궁에 접근할 땅굴을 파기 위함이었다.

“어떻게 하시겠습니까?”

빙형무가 당황하여 물었다.

지금쯤 거지들은 대라궁에 도달했을지도 모른다. 어서 빨리 방향을 돌려 궁을 지원해야 했다.

“산을 넘기엔 시간이 늦었다. 우리도 굴을 따라 궁으로 간다.”

만혼자는 혈풍철갑대를 제외하고 모든 병력이 굴을 통해 이동하도록 했다.

그들은 진열을 갖춘 채 굴의 깊은 어둠을 향했다.

그로부터 한 식경 뒤 굴의 입구는 완전히 폭파되어 자취를 감추었다.

일각 뒤에는 굴의 중간부분이 폭발하여 신교의 병력이 앞뒤로 막히고 말았다.

＊　　　＊　　　＊

한편 개방도와 명월관의 인물들은 하나둘 대라궁에 입성하고 있었다.

선두는 이미 입구 근처에서 자리를 잡았으며 나머지 인원들이 차례로 지상으로 나왔다.

공덕구와 만상익은 행렬의 맨 후방에 있었다.

"지금쯤이면 신교놈들은 난리가 났겠군요."

만상익이 씨익 미소를 지었다.

굴 근처에는 폭약을 들고 잠복한 거지들이 있었다.

그들의 기습에 신교인들은 속절없이 무너지고 말 것이다.

제아무리 고수라도 땅에 묻힌 채 솟아나는 것은 불가능했다.

사실 굴을 파괴하지 않은 것은 즉흥적인 판단이었다.

본래는 입구를 무너뜨려 굴을 은폐할 생각이었기 때문이다.

"어차피 그들도 상대해야 할 적수입니다. 그럴 거면 차라리 이 기회에 묻어 버리는 건 어떨까요?"

제안을 한 것은 공덕구였다.

그는 일부러 굴을 개방 한 뒤 신교인들을 매장시키자고 주장했다.

많은 이가 동의하면서 그의 주장은 결국 현실화되었다.

"이번 작전으로 팔 할은 죽어나갈 거다. 게다가 내가 계속 방귀도 꼈거든."

"부총관님의 방귀는 확실히 살인병기죠."

만상익이 피식 웃으며 답했다.

두 사람은 신법을 밟으며 전진했다.

굴의 폭은 제법 넓었지만 높이는 그다지 높지 않았다.

그래서 신장이 큰 사람은 고개를 숙여야 했다. 덕분에 만상익이 공덕구에게 뒤처졌다.

"뭐하냐? 다른 사람들이 기다리고 있다."

"너무하십니다. 키가 큰 것도 죄입니까?"

만상익이 볼 멘 소리를 했다.

일각정도 달리자 굴의 끝이 보였다.

천장이 뚫리면서 환한 빛이 어둠을 밝히고 있었다.

그 빛이야말로 일흑신교를 물리칠 정파인들의 빛이었다.

타다다다다닥.

두 사람은 흙벽을 밟고 지상으로 올라왔다.

눅눅한 공기 대신 상큼한 바람이 적삼을 뒤흔들었다. 오랜만에 보는 햇빛이 눈을 찔렀다.

주변에는 먼저 도착한 개방도와 명월관의 인물들이 진형을 짜고 있었다.

"여기가 그 유명한 대라궁이구만."

만상익이 호기심 어린 눈빛으로 주변을 훑었다.

그들이 있는 곳은 적화원이라고 하는 궁의 정원이었다. 정원은 임시 총타와 맞먹을 정도로 커다랬다.

대라궁이 얼마나 넓은지 실감할 수 있는 순간이었다.

"이제 모두 도착한 모양이군요."

향주 덕건이 합장을 하며 말했다.

그는 감회에 젖어 동료들을 응시했다.

그중 명월관의 인물이 삼백, 개방도의 숫자가 팔백이었다. 신교의 정예가 빠져나갔으니 충분히 싸워볼 만한 형세가 만들어진 셈이다.

"그럼 여기서 흩어질까요?"

"좋습니다. 우리는 남문을 장악한 뒤 성벽을 돌겠습니다."

덕건이 담담하게 말했다.

그들은 사전에 작전을 조율했다. 개방도는 신교의 정예를 상대하고 그사이 명월관 인들이 성벽과 관문을 장악하는 것이었다.

"개방의 건승을 빌겠습니다."

"다시 뵐 때는 신교의 그늘을 벗어난 뒤가 되겠지요."

덕건과 공덕구가 미소를 주고받았다.

그들은 각자 흩어져 이동을 시작했다.

개방의 첫 번째 목표는 대라궁 서쪽 편에 있는 흑뢰전(黑雷殿)이었다.

흑뢰전은 궁의 수비대인 일흑뇌월대(一黑雷月隊)가 거주하는 곳이었다.

"그런데 백로관님은 왜 안 보이는 걸까요?"

만상익이 물었다.

계획대로라면 굴에서 그들을 맞았어야 할 총운이었다. 혹시 문제라도 생긴 게 아닐까.

"상황을 좀 더 봐야겠지만 말이다. 아무래도 일이 조금 꼬인 것 같다."

공덕구가 혀를 찼다.

혈뢰전에 도착한 개방도들은 허탕을 치고 말았다. 전각이 완전히 텅 비었기 때문이다.

"광장 쪽에서 큰 소리가 났습니다."

"좋아. 서두르자."

공덕구가 앞장서서 달리기 시작했다.

구체적인 것은 몰랐지만 지금 소란은 총운 때문에 벌어진 것이리라.

광장에는 구백에 가까운 혈교인들이 몰려 있었다.

개중에는 교주를 비롯해 십대존자도 두 명이나 포함 되었
다.

하지만 이를 상대하는 것은 오직 총운 혼자였다.

그의 곁에는 옥빙화와 열 구 정도의 수라혈강시가 있었다.

"귀갑타구진(龜甲打狗陣)을 펼친다."

공덕구의 외침에 거지들이 자리를 잡기 시작했다. 그들은
총운을 중심으로 단단한 진형을 만들었다.

"조금 늦었군요."

총운이 웃으며 농담을 건넸다.

그의 얼굴은 땀에 젖어 번들거렸다.

자잘한 상처가 있었지만 다행히 치명상을 입은 부분은 없
어 보였다.

"고생하셨습니다. 이제부터는 저희가 힘이 되어드리겠습
니다."

"말만으로도 고맙네요."

총운이 공덕구의 어깨에 손을 얹었다.

광장은 넓었지만 싸늘한 침묵은 깨지지 않았다.

교주가 이끄는 일흑뇌월대와 총운이 이끄는 팔백의 개방
도.

그들의 싸움이 이제 막 펼쳐지려 하고 있었다.

이번 전투의 승패가 무림의 향방을 좌우할 것은 명약관

화(明若觀火)했다.

"크하하하하하."

흑천운의 광소가 광장을 울렸다. 그는 배를 잡고 웃더니 총운을 응시했다.

"설마 땅굴을 파서 궁에 침입할 줄이야. 완전히 한 방 먹었군."

"그래, 이젠 네 야망도 끝이다. 발버둥 쳐도 늦었어."

총운이 담담하게 말을 이었다.

"나와 따로 싸우자. 네놈의 명줄을 끊는 것은 누구에게도 양보할 수 없다."

"크크큭. 내가 할 소리를 하는군. 따라와라."

흑천운이 흑룡각이 있는 궁 서쪽 편을 향해 달려갔다. 총운 역시 신법을 밟으며 그 뒤를 쫓았다.

'뒤를 부탁드립니다. 신교 놈들에게 개방의 힘을 보여주세요.'

총운의 전음이 개방도들의 귀에 파고들었다.

공력을 담아 다중전음을 날린 것이다. 이에 개방거지들의 사기가 하늘을 찔렀다.

양 진형의 수장이 빠지고 광장에는 두 집단만이 남았다. 신교의 선두에 섰던 것은 귀령과 백혈방이었다.

반면 개방에선 공덕구와 만상익, 그리고 성좌노인이 자리했다.

"네 얼굴을 여기서 다시 보는구나."

공덕구가 귀령을 보며 씁쓸한 미소를 지었다.

그의 변절에 누구보다 가슴 아팠던 것이 공덕구였다.

"너 같은 거지는 모른다. 나는 신교의 십대존자 귀령이다."

"그래. 그렇겠지."

공덕구는 공력을 끌어올리며 자세를 잡았다.

귀령의 손등에는 옥팔찌가 걸려 있지 않았다.

옥팔찌는 공덕구가 그의 생일에 준 선물이었다.

꼭 멋지게 성장해서 차기 백로관에 오르라며 줬던 것이다.

팔찌를 하지 않았다는 건 이미 개방에 둔 뜻을 버렸다는 뜻이리라.

"거지새끼들을 한 놈도 남기지 말고 섬멸해라."

백혈방이 공력을 담아 쩌렁쩌렁하게 외쳤다. 이에 신교인들이 파도 같은 함성을 지르며 달려들었다.

드디어 무림의 존망을 건 싸움이 시작된 것이다.

'일각이면 끝날 것이야.'

백혈방은 신교의 낙승을 의심치 않았다.

신교와 개방도의 숫자는 거의 엇비슷한 정도였다. 지려야 질 수가 없는 상황인 것이다.

거지들이 중원에서 한몫할 수 있었던 건 뛰어난 무공 때문이 아니라 머리수 때문이었다.

같은 숫자로 힘 대결을 한다면 질 리가 없었다.

우와아아아아아.

신교인과 개방도 광장 중앙에서 부딪쳤다.

그들은 마치 개미 떼가 엉켜 붙는 것처럼 서로를 잡아먹으려 했다.

비명 소리와 함성이 터지고 사람들이 하나둘 쓰러져 나갔다.

문제는 그 주인공이 대부분 신교이라는 점이었다.

'이런 어처구니없는 일이.'

백혈방은 혀를 차고 말았다.

용맹하게 달려들던 신교인이 추풍낙엽처럼 스러져 갔다. 권에 맞거나 타구봉에 관통상을 입어 속절없이 무너졌다.

"귀령, 우측 진형을 맡아라."

"알겠습니다."

백혈방은 황급히 타구진을 향했다.

그는 현재의 열세를 도저히 믿을 수 없었다.

타구진이 쓸 만한 진인 것은 인정한다. 하지만 수하들이 이렇게 맥없이 당할 정도는 아니었다.

"거지 놈들아. 이 몸이 직접 육신을 분리해 주마."

백혈방의 눈에서 실처럼 가는 적기(赤氣)가 감돌았다. 심법을 극성으로 운용할 때 드러나는 표식이었다.

그는 반원을 돌며 타구진의 제삼진을 공략하려 했다. 맨 후미의 거지가 약하다는 것은 기정사실이었다.

"어딜 급히 가시나?"

만상익이 앞을 가로 막았다.

그는 백혈방을 상대함에도 전혀 긴장한 기색이 없었다. 오히려 목을 꺾으며 호기로운 모습을 보였다.

"죽어라. 애송이."

백혈방이 공력을 끌어올리며 주먹을 뻗었다.

포달랍궁이 자랑하는 권법인 수라나한권(修羅癩漢拳)을 펼친 것이다.

쒜에에에에엑―

수십 발의 권경이 벼락처럼 뿜어졌다.

그 위력을 감당할 수 없어 거지들이 일자로 갈라졌다.

빗나간 권경들이 지면에 닿으면서 사방으로 폭음이 번졌다.

'지금이다.'

백혈방은 신법을 극성으로 밟으며 거지들의 틈을 가로질렀다.

아무런 피해 없이 타구진의 취약점을 파고든 것이다.

“거슬린다. 거지 놈들아.”

백혈방이 폭풍처럼 제삼진의 거지를 덮쳤다.

본래 제삼진의 거지는 다소 무공이 부족한 거지들이 자리를 메운다.

그들은 음공과 신법으로 상대를 현혹시키는 역할을 맡고 있었다.

“으아아아악.”

“진형을 지켜라.”

거지들이 비명을 지르기 시작했다.

백혈방은 난폭한 야수처럼 거지들을 헤집었다. 그의 혈장은 단숨에 십여 명의 거지를 저승길로 보냈다.

“그만 설쳐라. 미친 땡중아.”

만상익이 앞을 가로막았다.

백혈방을 그런 만상익을 보며 광소를 터뜨렸다.

그가 가진 공력은 십대존자인 자신에 비해 조족지혈이었다.

일대일은커녕 십 대 일로 덤빈다고 해도 승산 없는 싸움이었다.

“네놈의 심장을 네놈이 직접 볼 수 있게 해주마.”

“별 거지 같은 소리 다하네. 너 우리 몰래 개방에 입방했냐?”

"죽어라."

백혈방이 빠른 속도로 거리를 좁혔다.

그는 손바닥에 공력을 집중하여 뻗었다.

평소에 가장 즐겨 쓰는 혈륜위타장(血輪韋陀掌)을 펼친 것이다.

마두의 강력한 손속에도 만상익은 태연한 모습을 보였다.

'절대 지지 않는다. 나는 백로관님을 믿고 있으니까.'

그는 두 주먹을 불끈 쥐었다.

백로관은 분명 이렇게 말했다.

자신이 가르친 것을 극성으로 익힌다면 능히 권왕에 자리에도 오를 수 있다고.

만리향굴을 나온 후부터 그는 잠을 줄여 가며 수련에 수련을 거듭했다.

"제대로 붙어보자. 까까중아."

만상익이 공력을 끌어올리면 주먹을 뻗었다.

흠잡을 것 없는 발경의 자세. 그리고 거기서 뿜어지는 호랑이처럼 강력한 일권(一拳).

단순하지만 적을 깨부수는 묘미가 그대로 담긴 공격이었다.

퍼어어어어억.

장법과 권법이 허공에서 맞부딪쳤다.

공력이 엉키면서 두 사람의 몸에서 아지랑이 같은 기운이 뿜어졌다.

'그래도 아직 무리인가?'

만상익은 십 장 가까이 미끄러지고 말았다. 진기가 엉켜 시뻘건 핏덩이를 뱉기도 했다.

"그 잘난 주둥이를 다시 한 번 놀려 봐라."

백혈방이 공세를 이어갔다.

그는 신법을 밟으며 재빨리 거리를 좁혔다.

이번에야말로 건방진 거지를 저세상으로 보낼 생각이었다.

그는 강력한 장법인 혈륜금강장(血輪金剛掌)을 꺼내들었다.

쒜에에에에에엑.

열 개의 손바닥이 허공을 잔뜩 메웠다. 만상익이 회피할 공간은 어디에도 없는 것처럼 보였다.

"비천무영신법(飛天無影身法)."

만상익은 재빠르게 신법을 밟았다.

그는 한줄기 바람에 몸을 실어 발을 놀렸다.

허공을 걷는 것처럼 유려한 몸놀림. 거기에 움직일 때마다 몸에서 흐릿한 잔영이 펼쳐졌다.

"아니, 이런 신법이……."

백혈방이 기겁을 하고 말았다.

한순간이지만 만상익의 움직임을 놓치고 만 것이다.

"어르신, 이놈은 저 혼자 감당 못하겠어요."

"안 그래도 다 보고 있었다. 이놈아."

등 뒤에서 웃음소리가 들렸다.

동시에 구절편의 새파란 편두가 등을 노려왔다.

성좌노인이 후방에서 기습을 펼친 것이다.

그가 펼친 무공은 구절편 최강의 절기인 만연뇌우(蔓延雷
雨)였다.

"쓸데없는 짓을."

백혈방이 미간을 찌푸리며 몸을 돌렸다. 그는 혈륜 금장장
으로 편두를 쳐 냈다.

채애애애애애앵.

장법과 구절편이 충돌하면서 사방으로 쇳소리와 불꽃이
튀었다.

때는 바로 지금이었다.

만상익은 제비처럼 날렵하게 거리를 좁혔다.

그리고 오른 주먹에 남은 공력을 모두 집중했다. 땡중에게
필살의 절기를 먹여줄 생각이었다.

"이 거지 놈이 어느새."

백혈방에 눈이 토끼처럼 커다래졌다. 하지만 방어를 하기

엔 이미 때가 늦었다.

"황룡승운(黃龍乘雲)."

만상익은 몸을 숙인 뒤 하늘높이 주먹을 치켜 올렸다.

그의 올려치기는 정확히 백혈방의 턱을 강타했다. 백혈방은 위력을 견디지 못하고 하늘 높이 치솟았다.

손끝에 남은 감촉은 알짜배기였다.

그의 일격으로 십대존자를 저승에 보낸 것이다.

"어르신, 보셨어요? 제가 저 땡중을 잡았다구요."

"그게 뭐 온전히 네 공이겠냐?"

성좌노인이 헛기침을 했다. 시선을 끈 자신의 공을 높이 산 것이다.

"칭찬 좀 해주시면 어디 덧나요?"

"그건 싸움이 끝난 뒤에 하자꾸나. 아직은 갈 길이 남았다."

성좌노인과 만상익은 다시금 전장에 복귀했다.

신교도와 개방도의 싸움은 무려 한 식경 가까이 이어졌다.

무림의 존망이 걸렸던 만큼 양쪽 모두 치열한 공방을 벌였다.

"제일진이 많이 줄었다. 제삼진에서 괜찮은 놈은 앞으로 나와."

"왼쪽 진형의 제이진이 뚫렸어요. 지원해주세요."

개방거지들은 하나의 유기체처럼 움직였다.

오랫동안 합을 맞춘 타구진은 좀처럼 틈을 보이지 않았다. 신교인들은 귀갑타구진의 단단함을 깨지 못해 고전을 면치 못했다.

개방도의 피해가 이 할이라면 신교도의 피해는 칠 할 정도로 차이가 심해졌다.

"신교의 잔당을 확실히 마무리한다. 응조타구진(鷹爪打狗陣)으로 전환."

공덕구가 쩌렁쩌렁하게 외쳤다.

타구진을 수비형태에서 공격형태로 바꾼 것이다.

이로써 제일진과 제이진의 포진한 거지가 대폭 증가했다. 권법과 장을 쓰는 거지와 타구봉을 쓰는 거지가 전면에 배치된 것이다.

"끄아아아아악!"

"제발 살려줘!"

신교인들이 비명을 지르며 죽어갔다.

타구진이 공세를 띠면서 신교인들의 죽음은 가속화되었다.

"할 수 있다. 이제 신교인도 다 해치웠어."

"조금만 더 힘을 내. 개방이 대라궁을 무너뜨린다."

거지들이 서로를 격려하기 시작했다.

지금 이 순간 개방도들은 하나의 마음으로 똘똘 뭉쳤다. 그들은 거지의 서러움을 딛고 무림의 빛으로 다시 태어나고 있었다.

더럽고 냄새나는 거지 집단.

무공은 약하고 숫자로 모든 것을 해결하는 방파.

그들을 향한 삐딱한 시선을 모두 날려 버릴 정도의 활약을 펼치고 있었다.

"이제 남은 건 스물 정도인가?"

공덕구가 묘한 표정으로 신교인을 응시했다.

육백의 개방도와 맞서고 있는 것은 귀령을 포함한 이십의 신교인뿐이었다.

"부디 저희를 받아주십시오."

"목숨만은 살려주세요."

신교인 일부가 무기를 버리고 투항할 뜻을 보였다.

하지만 귀령이 인상을 구기며 그들의 목을 단숨에 날려 버렸다.

"끝까지 싸워라. 교주님과 나갔던 병력이 돌아오면 거지 놈들은 모두 죽는다."

귀령이 수하들을 독려했다.

그럼에도 신교인들은 좀처럼 기세를 펴지 못했다. 그들은 서로의 눈치를 보다가 이윽고 고개를 끄덕였다.

"죽고 싶으면 너나 죽어라."

등 뒤에 있던 수하가 검을 찔렀다.

새파란 검이 복부를 관통하면서 뻘건 핏물이 흘렀다. 그는 믿을 수 없다는 듯 자신의 복부를 내려다보았다.

푸우우우우욱.

귀령의 사지에 검이 꽂혔다. 갑작스런 기습이라 손을 쓸 틈조차 없었다. 그는 눈을 동그랗게 뜨고 바닥에 무릎을 꿇었다.

설마하니 수하가 기습을 할 줄이야. 제갈총운도 아니고 한낱 신교의 졸개에게 당하다니. 그가 생각해도 어이가 없는 죽음이었다.

"하, 하하."

귀령은 피를 한 줌 뱉으며 기묘한 미소를 지었다.

"저, 저희는 투항합니다."

"잘못은 달게 받을 테니 부디 살려주세요."

남은 신교인들이 투항하면서 전투는 끝이 났다.

퍼어어어어어엉.

오색찬란한 불꽃이 사방에서 터지기 시작했다.

사방으로 흩어졌던 명월관의 인물들이 성문을 장악한 것이다.

대라궁이 장악 당했으니 신교는 이제 구심점이 없는 유명무실한 집단이 되었다.

"왜지? 어째서 개방을 배신한 거냐?"

공덕구는 안쓰러운 표정으로 귀령을 응시했다.

그가 개방을 배신하게 된 이유는 아무도 알지 못했다.

많은 개방도가 청하자의 가능성을 높게 샀었다. 그랬던 그
가 어째서 신교를 등에 업게 되었는가.

"알… 고 싶… 습니까?"

귀령이 힘겹게 입을 열었다. 그는 검지로 가까이 오라는 신
호를 보냈다.

"절대로 가시면 안 됩니다."

"품에 흉기를 지니고 있을지도 몰라요."

개방도들이 모두 공덕구를 말렸다.

하지만 그는 망설임없이 접근해서 귀령을 끌어안았다. 귀
령은 이제 혼자서 서 있을 힘조차 없었다.

"나는……."

귀령이 귓속말을 전했다.

순간 공덕구는 가슴이 찌르르 울리는 것을 느꼈다.

소년의 고뇌와 정체성이 그대로 드러나는 한마디였다. 그
의 행동을 단순한 배신으로 돌리는 건 모독이 아닐까. 그의
아픔을 헤아리려고 했던 사람은 누구도 없었다. 공덕구 자신
은 물론 총운까지도 말이다.

“잘 가라. 그 사람의 마지막 모습은 네 무덤에서 말해주마.”

공덕구는 귀령의 등을 토닥여 주었다.

이윽고 귀령이 피를 한 움큼 뱉어내고 눈을 감았다.

얼굴이 편해 보여서 그런 걸까. 마치 잠깐 잠이 든 것처럼 보였다.

공덕구는 회상했다.

그와 함께 옛 총타에서 보냈던 하루하루를.

청하자는 영민하고 싹싹한 소년이었다.

또한 능히 총운의 뒤를 이을 만한 재목이었다.

이렇게 죽게 된 것은 하늘이 정한 얄궂은 운명 때문이었다.

“너와 다시 한 번 술자리를 가졌으면 했는데.”

공덕구는 품에 있는 귀령을 놓지 않았다.

소년의 육체는 싸늘히 식어갔지만 함께 했던 추억만큼은 오히려 뜨겁게 기억되었다.

“모두가 당신을 응원하고 있습니다. 부디 무사히 돌아오세요.”

공덕구의 시선이 하늘을 향했다.

정파 최강자 제갈총운과 사파 최강자 흑천운.

두 사람의 치열한 혈투는 과연 어떻게 되었을까.

第十一章
건곤일척 (乾坤一擲) 二

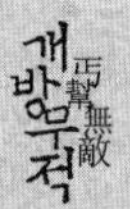

혈륜각 지하실에는 싸늘한 공기가 감돌았다.

옥빙화는 주변에 늘어선 관을 훑어본 후 미간을 찌푸렸다.

관 속에 들었던 것은 분명 일전에도 본 적이 있었다.

"이것들은 수라혈강시 아닌가요?"

"맞아요."

"그런 말을 태연하게……."

옥빙화는 말을 다 잇지 못하고 몸을 떨었다. 혈강시들의 위력은 그녀도 잘 알고 있었다.

"걱정 말아요. 우리를 도와줄 아이들이니까."

총운이 피식 웃으며 답했다.

그는 양팔을 허공에 펼친 뒤 아수라대천심법(阿修羅大天心法)을 운용하기 시작했다. 이윽고 몸 주변에서 시뻘건 기운이 넘실거렸다.

쿵쿵쿵쿵쿵쿵쿵.

심법을 영향인지 강시들이 차례대로 몸을 일으켰다.

괴기스러운 모습에 옥빙화는 총운의 허리를 꼭 붙들었다. 이제 꼼짝없이 죽었구나 생각이 든 것이다.

하지만 강시들은 두 사람을 감싼 뒤 움직임을 멈췄다.

"말했죠? 해치지 않을 거라고."

총운은 옥빙화를 안정시키고 혈강시를 응시했다.

혈강시를 얻기 위해 꽤나 힘겨운 사전 작업을 해왔다.

혈호련을 꼬셔서 심법을 얻었으며 팔에 상처를 내서 핵에 자신의 피를 먹였다.

또한 강시를 움직이기 위해 피하는 수련을 거듭했다.

"이건 확실히 내 거다."

총운은 강시들을 훑으며 만족스런 미소를 지었다.

혈호련이 죽었으니 강시를 통제할 사람은 없었다.

그는 백 구의 강시를 이끌고 위풍당당하게 지하실을 나섰다.

혈륜각 바깥에는 금룡대를 비롯해 일흑뇌월대까지 진을

치고 있었다.

뇌월대의 숫자는 무려 구백에 가까웠다.

총운이 등장하자 신교인들이 동요하기 시작했다.

"아니, 어째서 수라 혈강시가."

"설마 저놈이 혈교의 비전 심법을?"

그들은 경악을 금치 못했다.

총운을 보필하고 있는 것은 분명 수라혈강시였다. 눈을 아무리 비벼도 그것은 부정할 수 없었다.

"혈호련을 꼬셔서 심법을 배웠나보군."

귀령이 미간을 찌푸리며 말했다.

총운의 동선을 생각하면 어렵지 않게 추리할 수 있는 사실이었다.

"이 정도는 봐줘야 하는 거 아니야? 구백 대 일은 너무 심하잖아."

총운은 너스레를 떨었다.

앞으로 남은 시간은 대략 일각.

그 시간만 버티면 총타의 인원이 도우러 올 것이다. 대라궁에서 외롭게 싸우던 시간도 이젠 안녕인 셈이다.

'거의 다 왔어. 힘을 내는 거야.'

총운은 볼을 두들기며 두 개의 심법을 동시에 운용했다.

우우우우우웅—

천지취룡신공을 극성으로 펼치자 몸에서 황금빛 기운이 뿜어졌다.

혈교의 신법까지 펼치자 눈에서 섬뜩한 혈광까지 돌았다.

"저게 뭐야?"

"사람이 아닌 것 같아."

총운의 기이한 모습에 신교인들이 겁을 집어먹었다. 무엇보다 수라혈강시가 적이라는 것이 큰 공포였다.

"자, 건곤일척의 한 판을 시작해 보자."

쩌렁쩌렁한 외침이 공터를 울렸다.

총운은 옥빙화에게 다섯 구의 강시를 붙이고 나머지를 뇌월대원들에게 보냈다.

또한 십이로 타구봉법을 이용해 백혈방과 귀령의 움직임을 봉쇄했다.

마지막으로 자신은 금룡대원들을 직접 상대했다.

구백 대 백의 치열한 혈전의 막이 오른 것이다.

강시들과 사람이 얽히고, 타구봉과 사람이 얽히고, 사람과 사람이 얽히는 접전.

공터는 그야말로 폭풍 같은 혼전을 거듭했다.

쒜에에에엑.

양옆에서 금룡대원의 검이 날아들었다.

은은한 검기가 담겼던 만큼 살짝 스쳐도 큰 부상을 입게 되리라.

총운은 옥룡팔장의 수비초식인 백옥청파(白屋靑波)를 펼쳤
다.

검과 장법이 충돌하면서 날카로운 쇳소리가 터졌다.

"이런, 밀렸다."

공세를 취했던 신교인이 낭패라는 표정을 지었다. 장법으
로 인해 자세가 크게 무너졌던 탓이다.

물론 이를 놓칠 총운이 아니었다.

그는 신교인의 틈새로 파고들어 양 주먹을 좌우로 쭈욱 펼
쳤다.

항룡십팔장의 제십이초식 쌍룡취수(雙龍取水)를 권법으로
응용한 것이었다.

끄아아아아악.

공격에 당한 신교인이 허공을 날았다.

그들은 근처에 있던 동료들까지 휩쓸며 이십 장 가까이 튕
겨져 나갔다.

'이런 끝이 없구나.'

총운은 거친 숨을 뱉어냈다.

전투 시간은 짧았지만 체력과 공력의 소모가 평소보다 심
했다.

그는 수라혈강시 백을 움직이고 동시에 십이로 타구봉법

도 펼치고 있었다.

현재 보여주고 있는 무위는 초인(超人)에 가까웠다.

이와 같은 행동은 흑천운이라도 할 수 없는 것이다.

하지만 그만큼 몸에 부담이 큰 것도 사실이었다.

적삼은 어느새 땀에 흠뻑 젖었고 사지에도 조금씩 경련이 일어났다.

이대로라면 지원군이 도착하기 전에 무너져 버릴 것 같았다.

퍼버버버버벅.

총운은 근처에 있던 금룡대원을 장법으로 쳐 냈다. 그리고 후미에 있는 옥빙화를 응시했다.

그녀는 혈강시들의 보호를 받으며 안전하게 있었다.

반면 흑천운은 팔짱을 낀 채 총운을 응시하고 있었다.

그는 아직도 전투에 참여할 마음이 없었다.

'이쯤이면 나서도 될 것 같군.'

흑천운의 얼굴에 싸늘한 미소가 어렸다.

그는 마지막으로 총운을 시험하고 있었다.

혹시 숨겨둔 비장의 무기가 없는지 말이다.

하지만 반각 가까이 살폈음에도 특별한 무공은 보이지 않았다.

상대의 밑천이 없다면 더 이상 망설일 필요가 없었다.

천통안을 발휘하면서 눈이 파랗게 물들었다.

흑천운의 시선은 두 명의 존자인 백혈방과 귀령을 향했다.

"오룡혈귀옥(五龍血鬼獄)."

쩌렁쩌렁한 외침과 함께 양손을 허공에 뻗었다.

그러자 피처럼 붉은 기운이 손끝에서 뿜어졌다. 화기를 담은 공력은 그대로 이기어봉을 공격했다.

파바바바바밧.

공력싸움이 벌어지면서 주변으로 새빨간 불꽃이 튀었다. 이기어봉과 오룡혈귀옥은 한 치도 물러서지 않고 허공에서 맞붙었다.

"쓸데없는 짓을."

흑천운은 오룡혈귀옥을 재차 펼쳤다.

날벌레 같은 이기어봉을 처리해야 백혈방과 귀령의 동선이 자유로워진다. 그에게도 절대로 양보할 수 없는 싸움인 것이다.

계속되던 공력 싸움에 승자는 흑천운이었다.

이기어봉은 결국 열기를 견디지 못하고 허공에서 폭발하고 말았다.

순간 진기가 엉켰는지 총운의 몸이 휘청거리기도 했다.

"진짜 놀이는 지금부터지."

흑천운의 얼굴에 싸늘한 미소가 어렸다.

그는 공력을 한껏 끌어 모아 하늘에 손을 뻗었다.

이윽고 하늘에서 용으로 현신한 공력이 떨어졌다. 총운의 절기인 천룡낙하를 펼친 것이다.

장력이 노린 것은 물론 수라혈강시들이었다.

콰과과과과광.

거대한 폭음과 함께 주변으로 잿빛 연기가 휘몰아쳤다.

후폭풍을 이기지 못한 이들은 낙엽처럼 허공을 날기도 했다.

흑천운은 기세를 몰아 천룡낙하를 재차 펼쳤다. 장력을 피한 잔여 강시를 처리하기 위함이었다.

희뿌연 연기가 걷힌 뒤 드러난 공터.

공터의 모습은 엉망진창으로 망가져 있었다.

땅에는 오미(米)가량의 구덩이가 두 개 패였으며 지면이 거북이 등껍질처럼 갈라졌다.

수라혈강시와 더불어 뇌월대원들도 걸레처럼 흉측하게 널브러졌다.

"이거 상당히 쓸 만한 장법인데? 크하하하하."

흑천운의 광소가 공터를 울렸다.

단 두 번의 공력으로 수라혈강시를 괴멸시킨 것이다.

비록 뇌월대원도 잃긴 했지만 잃은 것보단 얻은 게 많았다.

'젠장, 아까 읽어낸 건가?

충운은 참담한 기분을 금치 못했다.

최강의 절기마저 이렇게 쉽게 간파당할 줄은 몰랐다.

충운은 이를 익히기 위해 수없는 밤을 지새웠다. 그런데 흑천운은 이를 단 몇 초 만에 똑같이 사용했다.

불공평도 이런 불공평이 없었다.

이제 충운에게 남은 건 다섯 구의 수라혈강시였다.

반면 상대해야 할 건 팔백에 가까운 뇌월대원과 존자들이었다.

절망감에 고개를 떨어트리는 찰나.

지면을 울리는 거친 진동이 느껴졌다. 이윽고 개방도들이 흙바람을 일으키며 접근해왔다.

드디어 든든한 아군이 등장한 것이다.

충운은 하마터면 눈물을 쏟을 뻔했다. 며칠 만에 보는 그들이 어찌나 반가웠는지 모른다.

"귀갑타구진(龜甲打狗陣)을 펼친다."

공덕구의 외침에 거지들이 자리를 잡기 시작했다.

그들은 충운을 중심으로 단단한 진형을 만들었다.

"조금 늦었어요."

충운이 웃으며 농담을 건넸다.

"고생하셨습니다. 이제부터는 저희가 힘이 되어드리겠습니다."

“말만으로도 고맙네요.”

총운이 공덕구의 어깨에 손을 얹었다.

광장은 넓었지만 싸늘한 침묵은 깨지지 않았다.

교주가 이끄는 일흑뇌월대와 총운이 이끄는 팔백의 개방
도.

그들의 싸움이 이제 막 펼쳐지려 하고 있었다.

이번 전투의 승패가 무림의 향방을 좌우할 것은 명약관
화(明若觀火)했다.

“크하하하하하.”

흑천운의 광소가 광장을 울렸다. 그는 배를 잡고 웃더니 총
운을 응시했다.

“이거, 완전히 한 방 먹었군.”

흑천운은 눈가에 흐르는 눈물을 손으로 훔쳤다.

설마하니 개방거지들이 대라궁에 침입할 줄은 몰랐다. 그
것도 소수가 아닌 이렇게 대군으로 말이다.

“대체 무슨 수를 쓴 거지?”

“화산에서 대라궁까지 땅굴을 팠지. 네놈은 상상도 못했을
거다.”

총운의 대답에 흑천운이 다시금 포악하게 웃었다.

대 일흑신교가 무너지고 있음을 어렴풋이 감지한 것이다.

“네 잔머리는 도저히 감당을 못하겠어.”

"그래, 이젠 네 야망도 끝이다."

총운이 담담하게 말을 이었다.

"나와 따로 싸우자. 네놈의 명줄을 끊는 것은 누구에게도 양보할 수 없다."

"크크큭. 내가 할 소리를……. 따라와라."

흑천운이 흑룡각이 있는 궁 서쪽 편을 향해 달려갔다. 총운 역시 신법을 밟으며 그 뒤를 쫓았다.

쒜에에에엑.

두 명의 신형이 바람처럼 대라궁을 가로질렀다.

그들의 움직임은 마치 인간의 경지를 벗어난 신선과도 같았다.

초상승의 신법을 밟음에 따라 주변으로 광풍이 휘몰아쳤다.

'드디어 여기까지 왔구나.'

총운은 자신도 모르게 입술을 깨물었다.

대라궁에 입성하여 불구대천의 원수인 흑천운과 싸우게 되었다.

그와의 긴 악연도 오늘이면 끝을 볼 수 있으리라.

반각 가까이 달려서 도착한 곳은 대라궁 내부에 있는 호수였다.

호수는 배를 띄워도 될 정도로 넓었으며 곳곳에 화려한 정자가 서 있었다.

두 사람은 작은 징검다리를 사이에 두고 대치했다.

대화는 없었지만 팽팽한 긴장감이 금방이라도 터질 것 같았다.

먼저 입을 연 것은 흑천운이었다.

"설마 나를 여기까지 몰아붙일 줄은 몰랐다."

흑천운의 얼굴에 쓰디쓴 미소가 어렸다.

"내게 이빨을 들이댔으니 죽을 각오도 했겠지?"

"헛소리 하지마라. 네놈의 천통안을 오늘에야말로 깨부숴주마."

총운이 언성을 높였다.

무림의 미래를 위해서라도 반드시 흑천운을 없애야 했다.

그의 성격을 생각하면 언제 어떻게 세력을 모아 중원을 공격할지 몰랐다.

"네가 할 수 있는 게 있을까? 비장의 무기인 취권도 이미 날아가 버렸을 텐데."

흑천운의 얼굴에 비릿한 미소가 어렸다.

그는 공력을 끌어올리며 천통안을 사용했다. 이에 오른쪽 눈이 호수처럼 파랗게 물들어갔다.

'할 수 있어. 뜻이 있는 곳에 길이 있다.'

총운은 볼을 두드리며 각오를 다졌다.

사실 흑천운을 어떻게 상대해야 할지 결정을 내리지 못했
다.

그의 말대로 비장의 무기를 쓸 수 없게 되어버렸기 때문이
다.

하지만 최선을 다하면 분명 길이 보일 거라 믿었다.

'두 눈 뜨고 똑바로 보세요. 제가 당신의 못 돼먹은 제자를
혼쭐낼 테니.'

총운은 하늘을 바라본 뒤 공력을 끌어올렸다.

두 사람은 본격적인 싸움에 앞서서 기 싸움을 벌였다.

타다다다다닥.

땅이 가볍게 떨리면서 잔돌들이 튀어 올랐다.

둘의 공력이 부딪치면서 생기는 현상이었다.

흑천운이 허리춤에 있던 검을 꺼내들었다. 샤르릉 하는 맑
은 소리가 서늘하게 느껴졌다.

'이젠 검도 쓰는 건가?'

총운은 긴장감을 일깨우며 공격을 준비했다.

아무런 생각 없이 검을 준비하진 않았으리라.

"와라."

흑천운이 손을 까닥이며 도발했다.

"사양하지 않겠다!"

총운은 신법을 밟으며 벼락처럼 거리를 좁혔다.

그리고 취팔선보로 흑천운의 시선을 교란했다.

극성으로 밟는 신법은 마치 신선의 몸동작처럼 현묘했다.

"쓸데없는 짓을 하는군."

흑천운의 얼굴에 비릿한 미소가 흘렀다.

그는 검에 진기를 불어넣고 총운을 찔러갔다.

그가 펼친 것은 무당이 자랑하는 태극혜검의 제십초식 태극풍뢰(太極風雷)였다.

쒜에에에엑.

허공에 수십 개의 검이 아른거렸다.

무지막지한 숫자를 보면 일부는 허초로 느낄 수도 있을 것이다.

하지만 놀랍게도 모든 찌르기가 실초였다.

태극풍뢰를 극성으로 펼치면 허초마저 실초로 변하기 때문이다.

'처음부터 이런 공격을.'

총운의 얼굴이 종잇장처럼 구겨졌다.

그 위력이 만만치 않음을 느낀 것이다. 하지만 여기까지 와서 맥없이 당할 수는 없었다.

반드시 흑천운을 꺾고 무림의 평화를 되찾으리라.

휘이이이이익.

총운의 손이 태극혜검에 맞서나가기 시작했다.

그가 빼든 것은 개방의 최상승 수공인 용음십이수(龍吟十二手)였다.

본래 용음십성수는 양손의 움직임을 모두 합쳐서 열두 개의 공격로를 만드는 것이다.

그런데 총운은 한손에 십이로의 이치를 모두 담았다.

이를 양손으로 펼치면 무려 스물네 개의 경로가 만들어지는 셈이다.

파바바바바바밧.

검과 장법이 허공에서 맞부딪쳤다.

양쪽이 충돌할 때마다 새파란 불꽃이 튀고 굉음이 일어났다.

'젠장, 힘이 부족해.'

총운은 자신이 점차 밀리고 있음을 감지했다.

혈강시를 비롯해 이기어봉을 사용하느라 심신이 모두 피로한 상태였다. 몸에 남은 공력도 사 할 정도밖에 되지 않았다.

그는 어쩔 수 없이 수공을 거두고 신법을 밟았다.

태극풍뢰의 기세도 한풀 꺾였기에 회피가 어렵진 않았다.

"꽁무니를 빼는 건가? 나는 이제부터 시작이라고."

흑천운이 검을 사방으로 흩뿌렸다. 그러자 초승달 모양의 검강이 광풍처럼 사납게 휘몰아쳤다.

"신룡파미(神龍播尾)."

총운이 택한 것은 항룡십팔장의 제십초식이었다.

신룡파미는 공방일체(攻防一體)에 조화를 갖춘 전천후 초식이었다.

그는 공력이 집중된 손으로 검강들을 모두 쳐 냈다.

반(反)자결을 담았던 만큼 검강이 검강에 충돌하여 사라지곤 했다.

"하찮은 짓을 하는 구나."

희뿌연 연기를 뚫고 흑천운이 접근했다.

그는 검을 검집에 넣은 채 거리를 좁히고 있었다.

하는 모양을 보면 발도(拔刀)의 수법을 사용할 것 같았다. 이윽고 흑천운이 빠른 속도로 검을 뽑았다.

쾌검으로는 중원최강이라 불렸던 청성파의 발도술을 펼치는 것이다.

휘이이이이익.

검기를 머금은 검이 사선으로 몸을 베어왔다.

검격에 당한다면 반드시 몸이 두 동강나고 말 것이다. 총운은 연쌍비(燕雙飛)를 밟으며 간신히 이를 피해냈다.

그의 눈에 흑천운의 텅 빈 가슴이 포착되었다.

위기 뒤에 다시는 맞지 못할 기회가 온 것이다.

'이걸로 끝내자.'

총운은 공력을 힘껏 끌어올린 뒤 주먹을 뻗었다.

그가 택한 것은 파옥권의 절초인 파옥풍파(波玉風波)였다.

진기에 번뜩이는 양 주먹이 가슴에 닿으려는 찰나.

총운은 보고야 말았다. 흑천운의 얼굴에 드러난 비릿한 냉소를.

"역시 너도 별수 없군."

흑천운은 검집에 진기를 불어넣은 뒤 이를 총운에게 뻗었다.

사실 발도는 공격을 끌어내기 위한 위장이었던 것이다.

퍼어어어어억.

검집이 가슴을 강타했다.

공력이 담겼던 만큼 그 위력은 철퇴에 버금갔다.

총운은 무려 이십 장 가까이 날아가 정자에 부딪쳤다. 기둥에 충돌하면서 정자의 지붕이 우르르 무너졌다.

총운의 모습은 자재에 묻혀 보이지 않게 되었다.

"천룡낙하(天龍落下)."

흑천운이 하늘로 손을 뻗었다.

콰아아앙!

잠시 후 강력한 장력이 정자 위로 떨어졌다.

장력이 폭발하면서 주변에는 아무런 물체도 남아나질 않았다.

그럼에도 흑천운의 표정은 여전히 풀리지 않았다.

"나와라."

흑천운의 말에 총운이 모습을 드러냈다.

그는 천룡낙하에 당하기 전 간신히 호수에 몸을 던졌다.

덕분에 온몸이 비 맞은 생쥐처럼 푹 젖고 말았다.

"처음의 배짱은 다 어디 간 거지? 금방이라도 쓰러질 것 같잖아."

흑천운은 비릿한 미소로 총운을 비웃었다.

하지만 총운은 이에 대꾸할 힘도 없었다. 무엇보다도 방금 전에 당한 부상이 심각했다.

가까스로 호신강기(護身강氣)를 펼쳤음에도 충격이 컸다. 숨을 쉬기도 불편했으며 혈맥도 조금씩 꼬이기 시작했다.

'역시 취권이 필요했어.'

총운은 허탈한 마음을 금치 못했다.

오직 이 날을 위해 현무취권을 준비했다.

그런데 정작 원수를 만났을 때는 이를 쓸 수 없는 상황이 돼버렸다.

흑천운은 이미 정파와 사파의 수많은 절기를 익혔다.

방금 전에 펼친 검집 공격도 그중에 하나 일 것이다.

'천통안을 공략하려면 어떻게 해야 하는 거야?

총운은 머리를 쥐어짰다.

흑천운을 죽이지 못한다면 진정한 의미의 평화는 되찾을
수 없었다.

"무슨 생각을 그렇게 하지? 어차피 넌 이길 수 없어."

흑천운이 팔짱을 낀 채로 말을 이었다.

"능력을 썩히지 말고 내 수하가 되어라. 이래 봬도 우린 한
스승을 모시지 않았나?"

"개소리하지 마라. 그 따위 말을 들을 것 같아?"

"인간이란 본래 이익에 따라 이합집산하는 존재야. 부끄럽
게 생각할 것 없다고."

흑천운의 얼굴에 잔잔한 미소가 어렸다.

그는 인간에게 내재된 악한 속성을 잘 알았다.

부와 명예와 권력을 마다할 수 있는 이는 드물었다.

제아무리 고고한 이상을 지녔다고 해도 현실의 벽 앞에선
고꾸라질 수밖에 없었다.

"마지막으로 한 번 더 묻겠다. 수하로 들어와라. 너와 네가
합친다면 세상의 누구도 우리를 감당할 수 없다."

흑천운의 말은 대답할 가치가 없었다.

총운은 귀를 판 뒤 퉤하고 침을 뱉었다.

더러운 이야기를 씻고 부정 타는 걸 막기 위해 한 행동이었
다.

"협상은 결렬인가? 아쉽군."

흑천운의 얼굴이 일그러졌다.

그는 흑월마령심법(黑月魔靈心法)을 극성으로 운용했다.

몸 주변에서 먹지처럼 새까만 공력이 꿈틀거렸다. 그 사이 한 기운에 몸이 다 떨릴 정도였다.

흑천운도 자신의 힘을 숨기고 있었던 것이다.

'이젠 정말 끝인가?'

총운은 눈앞이 까매졌다.

그를 상대하기에 자신은 너무나 지치고 힘이 없었다. 죽는 것 외엔 다른 방법이 생각나지 않을 정도였다.

"마지막이니 즐겁게 놀아보자고."

흑천운이 양손을 허공에 뻗었다.

그와 동시에 하늘에서 추락하는 강력한 공력이 느껴졌다. 천룡낙하를 양손으로 펼친 것이다.

총운은 만리추풍신법을 밟으며 자리를 피했다.

쿠우우우우웅.

공력이 충돌하면서 굉음과 함께 돌파편이 비산했다.

총운은 마지막에 몸을 굴려 간신히 사정권을 벗어났다. 하마터면 자신의 절기에 온몸이 납작해질 뻔했다.

'이젠 어쩔 수 없지. 실낱같은 희망에 도전해 보자.'

총운은 입술을 꼭 깨물었다.

머릿속에 떠오른 한 가지 계책이 있었다. 하지만 그것이 성공하리라는 확신은 할 수 없었다.

"자, 건곤일척의 한 수를 받아보아라."

총운은 공력을 끌어올린 뒤 양손을 뻗었다.

이윽고 손에서 수십여 발의 장력이 뿜어졌다.

항룡십팔장의 제십사초식인 시승육룡(試乘六龍)을 펼친 것
이다.

"대단한 것을 준비하는 줄 알았더니 고작 장력이냐?"

흑천운의 얼굴에 냉소가 어렸다.

그는 이십사수매화검법에 최종절기인 매화만리향(梅花萬
里香)으로 맞섰다.

검무가 펼쳐짐과 새파란 검강이 사방으로 흩어졌다.

마치 꽃잎이 바람에 휘날리는 것처럼 아름다운 광경이었
다.

콰과과과과광.

양쪽 무공이 충돌하면서 사방이 진동했다.

거대한 흙먼지가 일어나고 폭음으로 인해 귀가 멍해지기
까지 했다.

'이쪽이다.'

총운은 기감으로 흑천운의 위치를 확인했다.

후폭풍 때문에 육안으로 찾는 게 불가능했기 때문이다.

흑천운과의 거리가 십 보에 단 한순간.

총운은 공력을 끌어올려 땅바닥에 손을 얹었다.

흑천운의 모습은 아직 연기에 싸여 보이지 않았다.

"귀찮게 굴지 말고 그만 죽어라."

흑천운이 흙 폭풍을 뚫고 모습을 드러냈다. 검에는 달처럼 푸른 검기가 맺혀 있었다.

그가 검을 찔러오는 순간 망설임없이 손을 뻗었다.

장법을 펼친 것이 아니라 물건을 움켜잡듯이 쥐어 버린 것이다.

검기를 이기지 못한 손바닥이 찢기고 피가 튀었다.

"크윽."

총운은 신음을 뱉으면서도 검을 놓지 않았다. 그리고 금나수의 수법으로 상대를 끌어당겼다.

"이놈! 대체 무슨 짓을."

한 번도 생각하지 못한 의외의 수법이었다.

흑천운 역시 한순간 머리가 하얗게 비어 버리고 말았다. 그는 검과 함께 총운에게 빨려 들어갔다.

이제 두 사람의 거리는 사 보에 접어들었다.

그야말로 엎어지면 코 닿을 거리인 셈이다.

총운은 그제야 검을 놓고 흑천운을 끌어안았다.

최후의 순간인 만큼 앞뒤 잴 것이 없었다. 남은 힘을 모두 짜내어 흑천운을 압박했다.

"놀랐나? 아무래도 혼자 죽기엔 아까워서 말이야."

총운의 얼굴에 희미한 미소가 어렸다.

그가 흑천운을 잡기 위해 선택한 수법은 동귀어진(同歸於
盡)이었다.

총운은 이를 성공시키기 위해 첫수부터 치밀하게 준비했
다.

장력싸움을 유도해 그의 시야를 막았다.

천통안이 발휘되는 것을 미연에 막기 위함이었다. 그리고
몰래 항룡십팔장의 이십초식인 지룡승천(地龍昇天)을 깔아두
었다.

마지막으로 그가 장력에서 도망칠 수 없도록 몸을 붙들었
다.

모든 과정이 유기적으로 이어졌으며 의도 또한 끝까지 지
켜냈다.

제아무리 흑천운이라도 이를 감당할 방법은 없었다.

"이런 미친 놈. 놔라!"

흑천운이 몸부림을 쳤다.

그는 혈교의 무공 혈지갑과 팔꿈치 공격으로 총운을 때어
내려 했다. 하지만 총운은 찰거머리처럼 떨어질 기미가 없었
다.

"저승에서 함께 스승님을 뵙자. 아마 널 혼내고 싶어서 단

단히 벼르고 계실 거다.”

“개자식. 이 따위 알량한 수법을!’

흑천운이 몸부림을 치는 가운데 땅이 쩌저적 갈라졌다. 이젠 발밑에서 꿈틀거리는 장력이 피부로 느껴졌다.

그 어마어마한 힘은 인간이 감당할 수준이 아니었다.

쿠우우우웅.

황금빛 용이 하늘로 치솟았다.

동시에 돌 파편이 사방으로 비산하고 폭풍이 휘몰아쳤다.

중원 최고수 이인의 싸움은 그렇게 끝이 났다.

第十二章
되찾은 평화

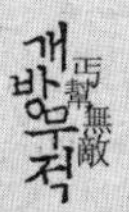

일흑신교가 무너졌다.

극강의 무위를 가진 교주가 죽었다.

그뿐만이 아니었다.

신교를 받치고 있던 최정예 무사 삼천여 명도 황천길로 떠났다.

믿을 수 없는 소식이 중원 곳곳으로 퍼져 나갔다.

"에이, 말도 안 돼. 신교천하가 일 년을 넘었다고."

"신교가 이렇게 증발할 리 있겠어? 누가 또 희망고문을 시작하는 거겠지."

사람들은 모두 믿지 않았다.

신교세력의 규모와 그들이 미치는 영향력을 잘 알기 때문이다.

하지만 거짓인 줄 알았던 소문이 점차 설득력을 갖추었다.

각 지역을 지배하던 지방관들이 하나둘 사라지기 시작했던 것이다.

그들은 수하 몇몇을 대동하고 감쪽같이 증발했다.

또한 태평세(太平稅)와 흑월세(黑月稅)를 거두는 토호들의 모습도 보이질 않았다.

하지만 평화가 모든 지역에 골고루 퍼졌던 것은 아니었다.

무림의 북동쪽 지역인 강서와 광동 등지에선 여전히 신교인들이 들끓었다.

그들은 예전 정파인이 그랬던 것처럼 똘똘 뭉쳐 땅을 확보하려 했다.

물론 그들의 야심은 일주일도 지나지 않아 박살 나고 말았다.

팔백의 개방도가 물밀듯이 쳐들어왔기 때문이다.

"거지새끼들이 감히 어디 안전이라고."

"간덩이가 부은 모양이군. 거지는 이천 명이 와도 두렵지 않아."

신교인들은 그들의 승리를 장담했다.

개방의 무공이 보잘것없다는 건 무림인라면 모두가 아닌 사실이었다.

단지 그들이 몰랐던 것 예전의 개방과 작금의 개방 간에 놀랄 만한 간격이 있다는 점이었다.

개방도는 응조타구진을 펼친 채 신교인을 멸살했다.

그리고 여러 지역을 돌며 신교의 때가 묻은 곳을 청소했다.

사람들은 그제야 하나둘 깨닫기 시작했다.

중원에 드리웠던 흑색구름이 모두 걷혔다는 것을.

춥고 사나웠던 겨울이 지나가고 봄이 오고 있었다.

＊　　＊　　＊

그로부터 이 년 뒤.

개방의 총타 천진은 아침부터 부산스러웠다.

일부 거지들은 음식을 구하기 위해 바다와 산으로 나갔다. 나머지는 사람들을 맞이할 자리를 마련하고 잔치상을 준비했다.

오늘은 개방은 물론 무림맹에도 커다란 경사가 있었다. 공석이었던 용두방주의 취임식이 있었기 때문이다.

"살다 보니 이런 날이 올 줄이야."

공덕구는 적삼을 휘날리며 총타 주변을 돌았다.

그의 허리에는 칠결의 허리띠가 달려 있었다.

이제 그는 취운당의 부총관이 아닌 장로가 되었다. 신교를 물리친 공적을 인정받은 것이다.

총타를 훑는 그의 시선에는 새삼 감회가 어렸다.

신교가 무너지고 개방은 그야말로 중원최고의 방파로 다시 태어났다.

이 시대에 태어나서 활약할 수 있다는 건 축복과도 같았다.

"아침부터 주먹질이냐?"

공덕구는 허름한 담장 앞에 멈춰 섰다.

안에서는 만상익이 열심히 권법을 연마하고 있었다.

개방출신의 권황(拳黃)이 되겠다는 계획은 여전히 진행 중이었다.

"일찍 일어나는 새가 벌레는 잡는 법이죠."

"넌 요새 벌레도 먹고 사냐?"

"에이, 장로님 농담도 예전만 못한데요?"

두 사람은 서로를 보며 피식 웃고 말았다.

"그나저나 어디 가시는 겁니까?"

"오늘 방주님 취임식이 있잖아. 다른 문파에 손님을 접견하러 간다."

"어디어디서 오는데요?"

"그걸 못하려 물어. 방주님 취임식에 안 올 간 큰 문파가 있을까?”

공덕구는 어깨를 으쓱했다.

중원의 세력구조는 예전과는 큰 차이가 있었다.

구파일방이라는 말은 이제 구시대의 언어가 되었다.

무림의 대세를 반영한 새로운 용어는 이제 일방육파였다. 일방의 방은 개방인데 개방은 중원에서 가장 힘 있고 강력한 집단이 되었다.

그들은 일혹신교를 일망타진하는 데 가장 큰 공을 세웠다.

또한 각 문파와 세가가 재건하는데도 인력을 보탰다.

과거에는 무공이 약하여 천시를 받았지만 소형 타구진으로 이 문제를 말끔히 해결했다.

개방은 명실상부 무림최고의 방파로 부상했다.

“하긴 그것도 그러네요. 방주님과 형수님은 뭐하고 계세요?”

“방주님은 오늘 정오쯤 돌아오신다고 하더라. 형수님은 출산 예정일이라 산통을 겪고 계셔.”

“잘하면 오늘 겹경사가 터지겠어요.”

“그렇지?”

공덕구는 피식 웃으며 대화를 마쳤다.

터벅터벅.

그는 총타의 입구인 견몽문(犬夢門)을 향했다. 견몽문에는 이미 수십 명의 인원이 몰려 있었다.

취임식에 참석하고자 하는 각파와 세가의 고위인사였다.

가장 먼저 눈에 띤 건 성좌노인이었다.

"어르신, 오랜만에 뵙습니다."

"안 본 사이에 신수가 훤해졌구나."

성좌노인은 공덕구를 훑어본 뒤 눈을 치켜떴다. 그의 시선이 공덕구의 허리춤에 고정되었다.

"네가 개방의 장로가 됐어?"

"그렇게 됐습니다."

"참 내, 세상이 다시 말세로 돌아가려고 하나."

"너무 하십니다. 저도 거지 바닥에선 꽤나 알아준다구요."

두 사람은 서로를 보며 환하게 웃었다.

성좌노인은 무너진 사천당가를 대신해 만독문(萬毒門)이라는 문파를 만들었다.

만독문은 일방육파에서 육파를 위협하는 가장 큰 문파였다.

"다른 분들도 반갑습니다."

공덕구는 나머지 인원을 훑으며 인사를 했다.

몰린 사람 중에는 일전에 함께했던 동료들도 많았다.

남궁세가의 남궁혜와 소림의 법각 등, 그 수를 일일이 헤아리기도 힘들었다.

"그럼 안에서 차라도 한잔하실까요?"

공덕구가 일행을 이끌었다.

방주의 취임식이 두 시진 남은 시점이었다.

＊　　＊　　＊

강소성 남경의 야산.

산자락이 온통 단풍으로 물들었다.

길가에 늘어선 나무들은 모두 울긋불긋한 옷을 입은 채 사람들을 반겼다.

햇살은 따뜻했으며 바람도 포근했다.

산의 정취를 즐기기엔 이보다 좋은 날도 없을 듯했다.

터벅터벅.

한 젊은 거지가 산을 오르고 있었다.

머리엔 기름이 번지르르 했고 허름한 적삼을 걸쳤지만 눈동자만큼은 누구보다 맑았다.

그 주인공은 다름 아닌 제갈총운이었다.

"이곳도 오랜만이구나."

총운은 주변을 훑어보며 감회에 젖었다.

이곳 남경의 야산은 스승과 마지막을 보낸 장소였다.

아름다운 추억을 가장 가깝게 느낄 수 있는 곳인 셈이다.

그는 경치 하나하나를 놓치지 않게 발걸음을 늦추었다.

일흑신교의 교주이자 배다른 사형인 흑천운.

그를 죽인 지도 벌써 이 년이 지났다.

그때를 떠올리면 아직도 등골이 서늘했다.

본래 총운은 꼼짝없이 죽었어야 하는 상황이었다.

"미친놈. 이 따위 짓을 해서 남는 게 무엇이냐?"

흑천운이 버럭 소리를 질렀다.

지룡승천의 장력이 느껴지자 목소리에 다급함이 서렸다.

장력에 휩싸인다면 그 어떤 인간이라도 살아남을 수 없었다.

"너를 죽일 수 있으면 내 역할은 다하는 거야. 더 바라는 것은 없다."

"끝까지 바보 같은 소리를 하는군."

흑천운은 총운을 비웃었다.

그리고 마기(魔氣)가 담긴 손톱으로 총운의 팔뚝을 내리그었다.

"크윽."

손톱이 살을 파고들자 극심한 통증이 몰려왔다.

총운은 하마터면 그를 붙잡고 있는 손을 놓을 뻔했다.

하지만 고통은 그것이 끝이 아니었다.

흑천운이 상처를 통해 기묘한 공력을 불어넣었던 것이다.

진기가 몸에 흘러들면서 몸이 타들어가는 듯했다.

'더 이상은 참을 수가 없다.'

총운은 얼굴을 찌푸리며 팔을 풀었다.

하지만 그렇다고 흑천운을 살려둘 생각은 없었다.

그는 개방의 상승각법인 취룡각(醉龍脚)으로 흑천운의 다리를 걸었다.

동시에 파옥권으로 양 무릎을 파괴했다.

빠각하는 소리는 분명 뼈가 부러지는 소리였다.

쿠우우우우웅.

지룡승천의 장력이 하늘로 치솟기 시작했다.

총운은 간발의 차이로 장법의 사정거리를 벗어났다.

물론 흑천운은 이를 피하지 못해 완전히 사라지고 말았다.

"무슨 말을 하려고 했던 거지?"

총운은 아직도 한 가지 의문을 풀지 못했다.

흑천운이 목숨을 잃기 전 무언가를 외쳤기 때문이다.

악담을 했다면 얼굴이 잔뜩 일그러졌을 것이다. 하지만 흑천운의 표정은 의외로 편안해 보였다.

다시 생각해 보면 환한 미소를 짓고 있었던 것 같기도 했고.

과연 그는 최후의 순간에 무얼 전하고 싶었을까.

옛 생각을 하며 걷는 사이 산 중턱에 도착했다.

총운은 거침없이 오솔길에 접어들었다. 오랜만에 와봤음에도 길이 또렷하게 기억났다.

그의 걸음이 멈춘 곳은 작은 봉분이었다.

봉분 주변에는 크고 작은 잡초들이 수북하게 자랐다. 단단하게 박혀 있던 비석에도 초록빛 이끼가 끼었다.

"미안해요. 너무 늦었죠?"

총운은 애환 어린 눈빛으로 봉분을 응시했다.

봉분 안에 잠든 것은 다름 아닌 스승 개걸취였다. 방주가 되기 전에 무덤을 찾은 것이다.

그는 서둘러 주변을 정리하기 시작했다.

잡초를 뽑고 챙겨온 헝겊으로 비석도 닦았다.

한 식경 정도 몸을 움직이니 봉분 주변이 깔끔하게 정리되었다.

"오랜만에 제자와 술자리를 가져요."

그는 죽엽청을 꺼내 무덤에 부었다.

알싸한 술 냄새가 바람을 타고 흘렀다.

총운은 한 병을 완전히 다 부은 뒤 다른 병을 꺼내 자신이 마셨다.

크으으으.

상큼한 뒷맛에 저절로 신음이 터졌다.

그는 봉분에 기댄 채 하늘을 응시했다.

하늘을 가로지르는 구름무리 속에 스승의 얼굴이 있는 듯
도 했다.

"내가 하는 거 잘 봤어요? 당신의 유언을 모두 다 지켰다
구요. 못된 제자도 혼내주고 개방도 다시 재건했어요. 이젠
다른 사람들이 청출어람(靑出於藍)이라고 해도 할 말 없겠
죠?"

총운은 환한 미소를 지었다.

무덤에 있는 것만으로도 스승을 대면하고 있는 것처럼 편
안했다.

그는 스승과 함께했던 날들을 하나둘 떠올렸다.

화산에서 처음 만나 만두를 건네던 날.

타구봉을 맞으면서 무공을 배웠던 면산에서의 날들.

강호를 유람하면 각종 군상과 세상에 대해 가르쳐 주었던
날들.

마지막으로 그를 끌어안고 임종을 맞았던 날까지.

무엇 하나 소중하지 않은 기억이 없었다.

스승은 그의 가슴속 깊은 곳까지 뿌리내린 단단한 기둥과
도 같았다.

총운은 상상해 보았다.

민약 스승을 만나지 않았다면 어떤 삶을 살았을까.

아마도 세가의 교육을 받으며 고지식하고 가문만을 아는 인간이 되었을 것이다.

아름다운 자연과 인간 영혼의 자유로움은 맛도 보지 못했으리라.

"다시 보고 싶어요."

총운의 중얼거림이 바람을 타고 흘렀다.

모든 것을 이루고 나니 스승에 대한 생각이 더욱 절실해졌다.

그와 다시 한 번 중원을 유람할 수 있다면 얼마나 좋을까.

그 생각만으로도 가슴이 두근두근 거렸다.

"고맙습니다. 당신이 있기에 내가 있을 수 있었어요."

총운은 가만히 봉분을 끌어안았다.

따스한 가을 햇살이 두 사람을 비추고 있었다.

第十三章 마지막에 남은 것

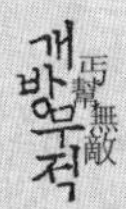

개방의 총타가 아침부터 발칵 뒤집혔다.

방주의 장녀인 춘화가 어디에도 보이지 않았기 때문이다.

본래라면 가옥 근처에서 시간을 보내다가 식사를 할 시간이었다.

"혹시 다른 광견당에 가셨나?"

보모 노릇을 하는 백화자는 대수롭지 않게 생각했다.

적어도 그녀를 잃어버린 지 반 시진가량 됐을 때는 말이다.

이제 열 살이 된 소녀 춘화.

그녀는 또래의 아이답게 돌아다니는 걸 좋아했다.

총타의 거지들을 졸졸 따라다니며 이곳저곳에서 나타났다.

처음에는 전서구들이 신기하다 하여 걸안당에 진을 쳤다.

최근엔 무공구경이 재미있다며 광견단을 자주 찾았다.

"가보자."

백화자는 휘적휘적 광견당(狂犬堂)을 향했다.

광견당에서 사백의 거지가 열정적으로 수련하고 있었다.

기합 소리는 범처럼 용맹했으며 동작에도 절도가 넘쳤다.

개방거지가 약하다는 말은 이제 머나먼 과거의 일이 되었다.

"혹시 춘화 아가씨를 못 보셨나요?"

"오늘은 못 봤는데?"

백화자는 광견단원을 일일이 붙잡고 물었다. 하지만 그녀를 보았다고 하는 이는 하나도 없었다.

"망했다."

광견당을 나서는 백화자의 얼굴이 새파랗게 질렸다.

방주의 귀한 여식을 잃어버렸으니 이 책임을 어떻게 진단 말인가.

그는 구슬땀을 흘리며 총타를 전부 훑었다.

몰래 숨었을 법한 장독대나 가옥의 좁은 장소들을 샅샅이

뒤졌다.

그럼에도 춘화의 모습은 찾을 수 없었다.

결국 그는 울며 겨자 먹기로 방주의 집무실을 찾았다.

방주 부부는 마루에 앉아서 다정한 모습을 연출했다.

방주는 부인의 무릎을 베게 삼은 채 누웠고 부인은 그녀는 그의 귀를 파주고 있었다.

"살살 좀 파면 안 돼요?"

"당신이 자꾸 움직이니까 그렇죠."

두 사람의 모습을 보며 백화자는 심호흡을 했다.

그의 보고를 듣고 두 사람은 과연 어떤 반응을 보일까. 그것을 상상하자 하늘이 노오래 보였다.

"무슨 볼일이라도 있나요?"

방주인 총운이 먼저 말을 꺼냈다.

백화자의 기감은 이미 오래전부터 파악하고 있었다.

오랫동안 망설인 것을 보면 그리 좋지 않은 소식은 아니리라.

"저기, 사실은……. 춘화 아가씨가 아까부터 보이질 않습니다. 한 시진 가까이 돌아다녔는데 통 찾을 수가 없어서……."

"말괄량이 아가씨가 또 어딜 간 거야?"

총운은 벌떡 몸을 일으켰다.

누가 거지의 딸이 아니랄까 봐 좀처럼 가만히 있지를 못한다.

"찾으면 저한테 보내주세요. 이번 기회에 요조숙녀(窈窕淑女)로 교육시켜야겠어요."

"당신 입에서 그런 단어가 나올 줄은 몰랐는데."

"아침부터 바가지 긁혀 볼 거예요?"

옥화자가 팔짱을 낀 채로 새침하게 말했다. 이에 총운이 도망치듯 가옥을 벗어났다.

"안을 제대로 살핀 건 맞아요?"

"살필 수 있는 곳은 모두 살폈습니다. 여러 거지들한테 물어보기도 했구요."

"견몽문 쪽은 가봤어요?"

"네, 입구를 빠져나간 것도 아니라고 합니다."

백화자가 자신만만하게 말했다.

그도 그녀를 찾기 위해 수없이 발품을 팔았다. 열심히 찾았다는 티는 내는 게 좋으리라.

총운은 총타 북쪽 편에 있는 해변가로 향했다.

해변에는 허름한 울타리가 쳐졌으며 이를 넘으면 바깥으로 나갈 수 있었다.

총운은 차분하게 주변을 살폈다.

갈색 흙토에는 여아의 버선 자국이 선명하게 찍혔다.

“우리 아가씨가 이리로 나간 것 같군요.”

“어떻게 찾으셨습니까?”

백화자가 놀라 물었다.

총운은 단번에 춘화의 이동 경로를 읽어냈다. 그것도 자신에게 들은 이야기만을 토대로 말이다.

“이럴 땐 확신할 사실을 토대로 가능성을 줄이면 됩니다. 우선 총타에 없다고 하니 밖으로 나갔다고 가정을 하죠. 그 다음엔 어떤 경로로 바깥을 나갔느냐를 생각하는 거죠.”

총운은 피식 웃으며 말을 이었다.

“견몽문 쪽이 아니라면 나가는 길은 이곳뿐이죠.”

“역시 방주님다운 능력이십니다.”

백화자가 고개를 끄덕이며 감탄했다.

사실 그는 다시 한 번 총타를 뒤져 볼 생각이었다.

방주가 나서지 않았다면 춘화를 찾는 일은 더욱 미뤄졌을 것이다.

“그럼 문제는 지금부터인데.”

총운은 턱을 쓸어내리며 해변가를 응시했다.

해변가를 따라간다고 해도 마땅히 갈 곳은 없었다.

천진의 서쪽 편인 폐가촌은 모두 개방의 구역이었기 때문이다.

굳이 길이 있다면 걸안당으로 향하는 야산의 진입로뿐이

었다.

"일단 가볼까요?"

총운은 발자국을 따라 걷기 시작했다.

한 식경 정도 걸으니 커다란 야산이 모습을 드러냈다. 춘화의 발걸음도 거기서 끝이 났다.

'설마 무슨 일이 있는 건가?'

슬슬 걱정이 되기 시작했다.

그녀가 이렇게 감쪽같이 나간 적이 없기 때문이다.

혹시 신교의 끄나풀이 잠입해서 딸을 납치한 걸까.

한번 부정적인 생각이 드니 갖가지 망상이 나래를 펼쳤다.

'부모님께서도 이런 마음이었겠어.'

총운의 얼굴에 쓰디쓴 미소를 지었다.

그가 제갈가를 뛰쳐나왔을 때 부모님도 이렇게 속이 새까맣게 탔을 것이다.

부모 마음은 오직 부모가 안다고 하더니 총운도 이제야 이를 느낄 수 있었다.

"일단 걸안당으로 가볼까요?"

"그렇게 하세요. 저는 일단 계곡으로 가볼 게요."

총운은 백화자와 헤어져 산 중턱으로 향했다. 계곡이 가까워지자 시원한 물소리가 귀를 때렸다.

'문제가 생긴 게 아니라면 분명 여기다.'

총운은 발걸음을 서둘렀다.

그가 계곡을 선택한 이유는 단순했다.

한 달 전에 춘화를 데리고 계곡에 와본 적이 있기 때문이다.

그 뒤로도 딸은 종종 계곡에 가자며 떼를 쓰곤 했다.

그는 계곡의 하류부터 시작해서 상류를 거슬러 올랐다.

돌 틈을 누비는 그의 표정은 갈수록 딱딱해졌다. 딸의 모습이 좀처럼 보이질 않았던 것이다.

"정말 신교인이 살아 있는 건가?"

총운은 등골이 서늘해졌다.

자신은 신교인에겐 불구대천의 원수와 같았다.

이에 대한 보복으로 딸을 납치한다는 건 충분히 가능한 이야기였다.

신법을 밟으며 일각 가까이 이동한 총운.

그는 작은 폭포수 아래에서 한숨을 내쉬었다.

그토록 찾던 얼굴이 눈앞에 보였기 때문이다. 그 얼굴은 하나가 아니라 둘이었다.

"방주님, 따님은 제가 데리고 있습니다."

"아빠~"

만상익이 그를 보며 손을 번쩍 들었다. 반면 춘화는 해맑은 미소로 연신 아빠를 외쳤다.

"어디 갔어. 아빠가 걱정했잖아."

"만날 놀러가자고 해도 말 안 듣잖아."

춘화가 토라진 척 고개를 팽 돌렸다.

그 모습에 총운은 가슴이 사르르 녹는 것만 같았다. 그는 딸을 끌어안고 볼에 입을 맞췄다.

"알았어. 앞으로는 춘화가 가고 싶은 데 다 가줄게."

"정말이지? 그럼 약속해. 이거 어기면 산호에게 잡혀간다?"

"그래, 약속."

두 사람은 다정하게 약지를 걸었다.

일단의 사건은 그렇게 마무리가 되었다.

춘화는 납치된 것이 아니라 스스로 야산을 나선 것이었다.

총운은 자신도 모르게 한숨을 내쉬었다. 한 아이의 아버지가 된다는 것은 방주가 되는 일보다 더욱 어려운 것 같았다.

세 사람은 한동안 말없이 계곡을 응시했다. 시원한 물소리에 한여름 더위가 말끔히 날아가는 듯했다.

"저기… 방주님. 제 권(拳)을 한번 받아주시면 안 될까요?"

만상익이 조심스럽게 물었다.

그는 이 년 전부터 무공수련에 박차를 가하고 있었다.

또한 개방의 대소사를 모두 잊고 산에서 생활했다. 개방의 권황이 되겠다는 목표를 이루기 위함이었다.

"좋지, 어디 실력이 얼마나 늘었는지 볼까?"

"감사합니다."

만상익이 고개를 끄덕였다.

두 사람은 돌에서 내려와 공터에 자리를 잡았다.

총운이 여유로운 반면 만상익은 다소 긴장한 모습을 보였다.

"둘이서 싸우는 거야? 우와 재미있겠다."

춘화가 조금 떨어진 곳에서 박수를 쳤다.

그녀가 가장 좋아하는 것 중에 하나가 바로 무공구경이었다.

"갑니다."

만상익이 심호흡을 한 뒤 거리를 좁혔다.

그가 펼친 비천무영신법(飛天無影身法)은 두말할 나위 없는 진짜배기였다.

극성으로 익혀서 그런지 움직일 때마다 잔영이 병풍처럼 늘어졌다.

쎄에에에에엑.

파공성과 함께 주먹이 뻗어졌다.

황룡천애권(黃龍天涯拳)의 마지막 초식인 황룡천비(黃龍天飛)를 펼친 것이다.

총운은 이를 끝까지 응시한 뒤 손바닥을 뻗었다.

　　장법과 권법이 충돌하는 순간 폭음이 터졌다. 후폭풍으로
인해 흙먼지가 사방으로 번졌다.

　　두 사람은 모두 십 보 가까이 주르륵 밀려났다.

　　"아직 갈 길이 멀었군요."

　　만상익이 실망한 듯 고개를 숙였다.

　　지난 이년간의 수련이 모두 보잘것없이 느껴졌다. 최고의
절초가 이렇게 단순한 장법에 막힐 줄이야.

　　"아니야. 네 성취는 충분했어. 이젠 정말 개방의 권황이라
는 칭호를 써도 좋겠는데."

　　"위로해 주시지 않아도 되요."

　　"장난치는 거 아니야? 네 권을 받았던 장법이 뭔 줄 알아?"

　　총운이 피식 웃으며 말을 이었다.

　　"항룡십팔장이었다. 안 믿기지?"

　　"정말이십니까? 제가 항룡십팔장을 받아낸 건가요?"

　　만상익이 기겁을 했다.

　　개방 최고의 절초를 주먹으로 받아냈다.

　　이는 충분히 놀랍고도 경이로운 일이었다. 그는 곧 개구리
처럼 폴짝폴짝 뛰어다니기 시작했다.

　　"야호! 내 주먹은 항룡십팔장급이다."

　　만상익은 흥분된 마음을 감추지 못했다.

　　개방 최고의 주먹이 되기 위해 얼마나 피땀을 흘렸던가. 총

운의 한마디에 모든 것을 보상받는 기분이 들었다.

"아빠, 아빠. 그럼 나랑도 한 번 붙어보자."

춘화가 총운의의 옷자락을 붙잡았다. 두 사람의 초식 대결이 재미있게 보였던 탓이다.

"방금 쾅쾅하는 것 봤잖아. 안 무서워?"

"응, 나도 잘 할 수 있을 것 같아."

춘화가 당당하게 대답했다. 딸의 귀여운 모습에 총운은 그저 웃고 말았다.

"그래, 어디 한 번 힘껏 쳐봐."

"응, 받아랏."

주먹을 빙빙 돌리다가 내뻗는 춘화.

그녀가 고사리 같은 손을 쭈욱 뻗었다. 딸의 진지한 모습을 보니 배를 잡고 껄껄 웃고만 싶었다. 총운은 주먹을 받아낸 뒤 일부로 기우뚱 넘어졌다.

"우와! 아빠가 넘어졌다. 내 주먹이 그렇게 세?"

"그래 무서워서 죽는 줄 알았어. 너도 그렇지 않았니?"

총운이 만상익을 보며 눈짓을 했다. 그는 총운의 신호를 읽고 방긋이 웃었다.

"그럼요. 저랑은 상대가 안 되는데요. 오히려 아가씨에게 한 수 배워야겠습니다."

"정말? 그럼 나 재능이 있는 거야?"

춘화가 환하게 웃으며 고사리 같은 주먹을 빙빙 돌렸다.

총운과 만상익은 그 모습을 보며 결국 참았던 웃음을 터뜨렸다.

유쾌한 웃음과 함께 여름이 지나가고 있었다.

『개방무적』 완결

춘화가 환하게 웃으며 고사리 같은 주먹을 빙빙 돌렸다.

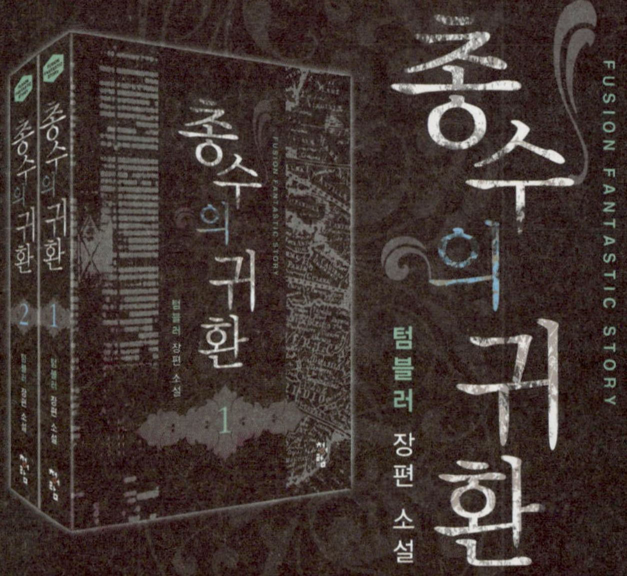

아버지라 생각한 자의 배신.
그렇게 이방의 사막에서 죽음을 맞이했다.

그러나, 죽음은 끝이 아니라 새로운 시작이었다!

카이스트 최연소 입학.
하늘이 내린 천재.
과학력을 한 단계 진보시킨 과학자!

복수를 위하여 이계에서 살아남고,
기어코 현대로 다시 돌아온 이은우!

"이제 시작이다, 나의 성공가도는!"

**세상이 몰랐던 총수의 귀환!
이은우, 그가 돌아왔다!**

Book Publishing CHUNGEORAM

유행이 아닌 자유추구
WWW. chungeoram.com